IM SCHATTEN DER GÖTTER

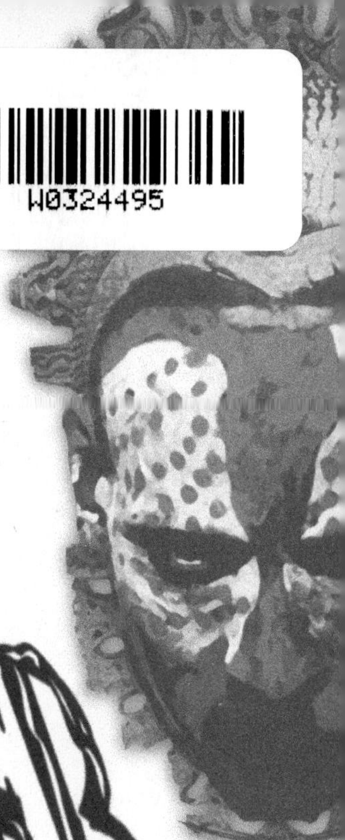

ein Roman von

Christian von Aster

Dieser Titel ist auch als E-Book
unter der ISBN 978-3-86762-179-3
erhältlich!

Autor: Christian von Aster
Lektorat: Oliver Hoffmann
Korrektorat: Solveig Tenckhoff
Umschlaggestaltung und Satz: Oliver Graute

1. Auflage 2013
ISBN 978-3-86762-169-4
Gedruckt in Deutschland, CPI – Clausen & Bosse, Leck

www.feder-und-schwert.com

INHALT

PROLOG

Leschek Varowsky war ein Dieb.

Kein guter, aber doch gut genug, um damit seinen Lebensunterhalt zu bestreiten.

Weißensee, Tempelhof, Moabit: Er hatte sein Leben zu gleichen Teilen auf beiden Seiten der Gefängnismauer verbracht, und die Haftanstalten Berlins kannte er besser als die meisten anderen. Aber er träumte keinesfalls davon, sich bis ans Ende seines Lebens mit kleinen Brüchen über Wasser zu halten.

Mit einem Fernglas lag er auf einem kleinen Hügel zwischen einigen Büschen.

Es war ein billiges Fernglas.

Er hatte noch nie mehr Geld als nötig in eine Observierung gesteckt.

Das Anwesen im Grunewald hatte er etwa zwei Wochen zuvor entdeckt. Er war mit seinem alten VW fünfhundert Meter weiter gerollt und dann zurückgeschlendert. Er hatte ihn gleich bemerkt, jenen unverwechselbaren Duft plötzlichen Reichtums, den Eigengeruch von Leuten, die plötzlich und unvorbereitet zu Geld gekommen waren.

Seines Wissens gab es zwei verschiedene Arten solcher Menschen: Die einen investierten die Hälfte ihres Besitzes in die Sicherung des Restes, und die anderen lebten in ihren plötzlich doppelt großen Häusern genauso unbekümmert weiter wie zuvor.

Floyd Wittgenstein gehörte zur zweiten Kategorie.

Während der folgenden Woche hatte Leschek ohne größere Probleme in Erfahrung bringen können, dass Wittgenstein gewöhnlich früh schlafen ging und weder Hausangestellte noch Bekannte hatte, die über Nacht blieben.

Das war gut.

Leschek war weder ein Freund unnötiger Gewalt, noch schätzte er es, andere Leute zu bedrohen. Bei der Arbeit hatte er aber inzwischen immer eine Pistole bei sich.

In den letzten Jahren hatte sich viel geändert. Anwohner waren inzwischen nicht selten brutaler als Einbrecher, und Mitarbeiter privater Sicherheitsdienste warteten meist nur darauf, ihre Waffen ziehen zu können, ohne eine Vorstrafe wegen Gewaltanwendung außerhalb des beruflich Erforderlichen zu riskieren.

Für Leschek Varowsky Grund genug, eine Waffe zu tragen.

In seinem Hosenbund steckte eine Makarow, eine ehemalige NVA-Waffe, leicht zu beschaffen, aber vergleichsweise unhandlich.

Wenn sie einen erwischten, machte allein das Mitführen einer Schusswaffe bis zu fünf Jahre aus. Ein Umstand, der seine letzte Haftstrafe deutlich verlängert hatte.

In diesem Zuge hatte er in letzter Zeit tatsächlich weniger das Schießen als vielmehr das Wegwerfen seiner Waffe geübt ...

Aber mit fühlte er sich sicherer.

Zumal es in dieser Gegend Wildschweine geben sollte. Im Laufe seiner sporadischen Observierung hatte er einige durchaus ansprechende Dinge im Inneren des Hauses entdeckt, und obwohl er neben einem nicht allzu geschulten Blick eine fatale Vorliebe für Kitsch hatte, war Leschek sicher, dass allein der Verkauf der Antiquitäten nicht nur seine Schulden decken, sondern ihm mit Sicherheit auch noch ein unbeschwertes Jahr unter Palmen bescheren würde.

Die Probleme, die jetzt noch zwischen ihm und dem Haus standen, waren geringfügig: Zum einen hatte er beim Abschreiten des Zaunes eine Plastikmarke entdeckt, die auf eine Sicherung des Geländes durch eine Firma namens SwissTech hinwies.

Das allerdings stellte kein Problem dar, hatte die Produktpalette der SwissTech doch kaum mehr als drittklassige Alarmanlagen, den Bodensatz der europäischen Sicherheitstechnologie, zu bieten. Wer sich ein solches Gerät installieren ließ, hatte entweder keine Ahnung oder wollte seine Versicherung übers Ohr hauen. Zwar entsprachen die Anlagen den europäischen Sicherheitsstandards, aber allein die Tatsache, dass man sich ihre Schaltpläne aus dem Internet herunterladen konnte, minderte ihren Wert erheblich.

Das eigentliche Problem war ein privater Objektschutz, eine Patrouille, die das Grundstück alle zwei Stunden in einem VW-Bus passierte. Es war eine Art Security-Sharing. Sie trugen schwarze Barette, amerikanische Polizeihemden und Uniformhosen, alles schwarz und vollsynthetisch – Stoff, aus dem man den Schweißgeruch nie ganz herausbekam.

Die Firma, die Cerberus Wach GmbH, war für die Sicherung des gesamten Viertels zuständig und hatte auch einen dementsprechend eng gesteckten Zeitplan. Das würde er sich zunutze machen können.

Aber erst als Leschek sich in Wittgensteins Telefonleitung eingeklinkt und erfahren hatte, dass er dieses Wochenende einen Vortrag in Hamburg halten und über Nacht im Kempinski absteigen würde, hatte er begonnen, den Einbruch durchzuplanen.

Am vergangenen Tag hatte er das Nötigste besorgt; zwei Segeltuchtaschen, einen schwarzen Overall mit Sturmhaube, Stablampe, Werkzeug und einen beeindruckenden Bund mit Nachschlüsseln, und jetzt lag er hier zwischen den Bäumen auf der Anhöhe, lauschte ins Dunkel und wartete.

Wittgenstein schien später aufbrechen zu wollen als erwartet.

Sein Vortrag in Hamburg sollte eigentlich um einundzwanzig Uhr beginnen. Leschek hatte zwei Stunden Fahrt einkalkuliert. Inzwischen war es allerdings beinahe zwanzig Uhr und Wittgenstein noch immer zu Hause.

Die letzten vier Stunden hatte der Einbrecher, immer auf der Hut vor den Wildschweinen, abwechselnd in der Nähe des Grundstücks und im Wagen verbracht.

Inzwischen war es dunkel geworden, seine Ausrüstung hatte er in einem kleinen Waldstück versteckt und würde sie erst wieder hervorholen, wenn der Hausherr fort war. Für seine Verhältnisse war das Ganze gut geplant. Wenn ihn die Sicherheitsleute jetzt entdeckten, dann war er nur ein dreckiger kleiner Spanner.

Zweimal waren sie schon vorbeigefahren, und einmal hatten sie ihn sogar gesehen. Der Wagen war langsamer geworden, und dann hatten ihn für einen kurzen Moment zwei böse Augen aus einem riesigen Gesicht angefunkelt.

Er fand es merkwürdig, dass ein Haufen im Kreis fahrender ehemaliger Hooligans den Leuten ein Gefühl von Sicherheit geben konnte. Aber er war sicher, dass es zu dunkel war, als dass sie sein Gesicht hätten erkennen können.

* * *

Inzwischen hatte Leschek sich wieder in das Waldstück gegenüber der Ausfahrt zurückgezogen, wo ihn inmitten raschelnder Blätter ganz allmählich Zweifel zu quälen begannen.

Womöglich hatte Wittgenstein seinen Vortrag abgesagt, vielleicht war die Veranstaltung verschoben worden, oder Wittgenstein hatte sie einfach vergessen.

Er lehnte sich an einen der größeren Bäume, klopfte sich etwas Erde von der Hose und fingerte eine Schachtel Luckies aus der Innentasche ...

Es wäre zu schön gewesen.

Langsam begannen die Palmen vor seinem inneren Auge zu welken und seine Zweifel schierer Verzweiflung zu weichen. Für einen Augenblick überlegte er, ob er es anders versuchen, Wittgenstein in Schach halten und seine Wohnung mit vorgehaltener Schusswaffe ausräumen sollte. Aber dann kam er zu dem Schluss, dass er warten würde.

Wenn es sein musste, auch noch zwei weitere Wochen.

Die Kippe schmeckte bitter.

Wäre in diesem Moment ein Wildschwein aufgetaucht, er hätte mit Vergnügen sein ganzes Magazin darauf gefeuert.

Ihm war kalt, und er war müde.

Jäh teilte ein schwenkendes Schweinwerferpaar die Dunkelheit, ein silberner Mercedes glitt aus der Auffahrt, und er warf sich geistesgegenwärtig zu Boden.

Wittgenstein war auf dem Weg nach Hamburg.

Leschek hatte sich das Knie geprellt. Fluchend richtete er sich auf und sah auf die Uhr; bis zur nächsten Patrouille blieb ihm noch eine gute Stunde.

Zeit genug, ins Haus zu gelangen.

*   *   *

Nervös humpelte Leschek hinter der gläsernen Wohnzimmerfassade auf und ab. Die Sicherheitsleute waren schon eine Viertelstunde überfällig.

Ihm gefiel das gar nicht, und diese Masken an den Wänden machten es nicht wirklich besser. Es waren wahrscheinlich Einzelstücke, keine Repliken, kunstvoll geschnitzt und bemalt von den Ureinwohnern irgendeiner unberührten Insel. Einige von ihnen waren mit kunstvoll angeknüpftem Haar oder riesigen Hauern und andere mit grotesk heraushängenden Zungen versehen. Andere wieder waren übersät mit Schriftzeichen, die nicht lesen zu können er froh war. Sie alle aber starrten ihn aus leeren Augenhöhlen an, und nur mühsam konnte er den Wunsch unterdrücken, sie alle einzeln von der Wand zu schießen.

Er war einfach zu sensibel für so etwas.

Dieser Wittgenstein musste schon irgendwie abartig sein, wenn er sich hier wohl fühlte.

Leschek sah sich weiter um.

Abgesehen von den Masken hingen da noch einige gerahmte Zeitungsberichte, teilweise sogar Titelblätter, von denen ihm ausnahmslos Wittgenstein entgegen lächelte. Vielleicht hätte er sich das Thema seines Vortrags merken sollen. So wusste er nicht einmal, womit dieser Wittgenstein überhaupt seine Brötchen verdiente. Auf jeden Fall war er ein ziemlich eitler Bursche, und was immer er auch tat, sein Haus war eine regelrechte Fundgrube.

Vom Briefbeschwerer bis zum Aschenbecher, da war nichts, das nicht entweder antik oder zumindest ein Designerstück gewesen wäre.

Eine seiner beiden Taschen hatte Leschek schon nach zwanzig Minuten vollgestopft.

Zwischen all dem antiken Ramsch entdeckte er allerdings auch einiges sperriges Zeug: Den rostigen Anker, die morsche Planke und das große alte Buch in der Vitrine hätte er – wie alt sie auch immer sein mochten – allenfalls mitgenommen, wenn sie halb so groß gewesen wären.

In solchen Häusern musste man Prioritäten setzen, und bevor er sich schließlich auf die Suche nach dem Tresor machte, wollte er noch die nächste Patrouille abwarten.

*   *   *

Da kam sie.

Leschek sah den VW-Bus heranjuckeln, langsamer werden und atmete erleichtert auf, als er schließlich, ohne noch einmal anzuhalten, am Tor vorüberfuhr.

Er hasste diese Augenblicke der Unsicherheit.

Kaum hatte der Bus das Tor passiert, machte Leschek sich auch schon auf die Suche nach dem Tresor. Es war ein Wandtresor, ein mittelgroßer Bössinger aus einer älteren Baureihe. Im Vergleich zur Alarmanlage ein bemerkenswert sicheres Stück.

Wittgenstein musste ihn irgendwo billig abgestaubt haben.

Als Kandidat für Halbsicherheit jedoch, so gut kannte Leschek Typen wie diesen, hatte Wittgenstein die Kombination für seinen Safe mit Sicherheit irgendwo aufgeschrieben, den Zettel versteckt und sich für dieses Versteck von schlechten Filmen inspirieren lassen. Tatsächlich fand Leschek die Kombination kaum zehn Minuten später auf einem auf die Unterseite der Schreibtischschublade geklebten Zettelchen ...

* * *

Dirk Brandtner mochte seine Uniform, den dreiköpfigen Pitbull auf dem Aufnäher und besonders die Anstecknadel, die ihn in kapitalen Lettern als „Dienstgruppenleiter“ und damit als unmissverständliche Autorität auswies – und das mussten sogar die Leute hier unten im Villenviertel respektieren.

Brandtner arbeitete nun schon seit gut einem Jahr für die Cerberus Wach GmbH. Es war nicht sein erster Sicherheitsdienst.

Tatsächlich war es der dritte, und genau genommen hatte er die anderen beiden nicht ganz freiwillig verlassen. Er war allerdings nach wie vor der Meinung, man solle diese Kriminellen nicht mit Samthandschuhen anfassen.

Diese Meinung teilten allerdings die wenigsten, so dass Brandtner inzwischen zwei Verfahren wegen gefährlicher Körperverletzung am Hals hatte, obwohl ihm noch immer nicht in den Kopf wollte, dass diese Leute seinesgleichen überhaupt verklagen konnten ...

Als er das Fahrzeug der Cerberus Wach GmbH jedenfalls an diesem Abend gegen dreiundzwanzig Uhr hinter dem Wittgenstein Anwesen kurz zum Pinkeln verließ, ahnte Dirk Brandtner nicht, was ihm in dieser Nacht noch bevorstand.

* * *

Leschek malte sich aus, was – wenn schon die Antiquitäten überall offen herumstanden – wohl erst in diesem Stahlschrank auf ihn warten musste.

Als er ihn öffnete, wurden seine Erwartungen allerdings zunächst enttäuscht. Bei der Bestückung seines Tresores schien Wittgenstein eine ähnliche Unverhältnismäßigkeit wie beim Schutz seines Grundstückes an den Tag zu legen.

Im Stahlschrank befanden sich vornehmlich persönliche Papiere, sowohl lose Blätter als auch einige Aktenordner.

Weiter hinten befand sich jedoch noch etwas anderes, das Leschek allerdings erst näher in Augenschein nehmen konnte, als er die Papiere herausgeholt hatte: Es war eine metallene Schatulle, vielleicht fünf Zentimeter hoch und etwas größer als zwei Zigarettenschachteln.

Im spärlichen Licht der Taschenlampe wirkte das Ding recht alt, und es dauerte einen Moment, bis er zitternden Herzens erkannte, dass es ganz aus Gold zu bestehen schien.

* * *

Während Brandtner im Licht der Scheinwerfer an einen der umstehenden Bäume seine Blase entleerte, betrachtete er beiläufig die gläserne Fassade des Hauses.

Einmal so wohnen. Oder zumindest in den Personenschutz wechseln. Armani-Anzüge tragen und belangreich in Hotellobbys herumstehen.

Das aber klappte nie.

Wenn es um solche Jobs ging, pflegten sie sich das verdammte Führungszeugnis nämlich tatsächlich durchzulesen, und so schien er für alle Ewigkeiten dazu verdammt, in einem Autobus im Kreis zu fahren und fremder Leute Villen zu bewachen.

Aber wenigstens musste er nicht mehr im Einkaufszentrum Streife laufen.

Während er seinen Gedanken nachhing und die letzten Tropfen dampfend auf seinen Stiefeln zerflossen, blitzte hinter der gläsernen Fassade für den Bruchteil eines Momentes das Licht einer Taschenlampe auf.

Als Dirk Brandtner kurz darauf mit offener Hose zu seinen Kollegen zurückstürzte, hatte sein Adrenalin-Spiegel einen Jahreshöchststand erreicht.

* * *

Mit glänzenden Augen betrachtete Leschek das Kästchen.

So etwas hatte er sein ganzes Leben lang gesucht.

Auf der Vorderseite gähnten ihm leere Fassungen entgegen und legten die Vermutung nahe, dass das Kästchen möglicherweise einmal mit Edelsteinen besetzt und ungleich wertvoller gewesen war.

Was mochte darin sein? In einer Schatulle im Tresor eines Hauses, das bis zum Rand mit Antiquitäten angefüllt war …?

Vorsichtig hob er das Kästchen aus dem Tresor.

* * *

Sie waren schnell.

Die Sicherheitsleute hatten nicht nur Schlüssel, sondern absolvierten auch auf den zu bewachenden Grundstücken in regelmäßigen Abständen Ernstfallsimulationen.

Sie kannten das Anwesen genau, huschten lautlos über den englischen Rasen am Pool und vorderen Eingangsbereich vorüber zur Hintertür, und während zwei ihrer Kameraden den Küchenbereich sicherten, drangen Brandtner und ein weiterer Wachmann behutsam ins Innere des Hauses vor, die Waffe im Anschlag.

* * *

Leschek überlegte einen kurzen Moment, ob er das Kästchen gleich in der Tasche verstauen und erst später öffnen sollte. Aber seine Neugier war stärker. Schließlich war dies das einzig Interessante in Wittgensteins Safe gewesen. Damit musste es einfach etwas auf sich haben, und außerdem würde es ihn, wie er annahm, kaum Zeit kosten.

* * *

Brandtner entdeckte den Einbrecher als erster.

Er kauerte mit dem Rücken zu ihnen vor dem offenen Tresor am Boden des Arbeitszimmers. Geduckt huschte Brandtners Kollege auf einen kurzen Wink zu der ledernen Couchgarnitur auf der anderen Seite des Zimmers hinüber.

Kaum dass er sich eines Blickkontaktes versichert hatte, hob Brandtner langsam die Waffe.

* * *

Vor allem wunderte es Leschek, dass die Schatulle keinen Verschluss zu haben schien.

Aber so oder so war dieses antike Miststück sein gottverdammter Weg in ein besseres Leben, und als er den Deckel des Kästchens kurz darauf ganz behutsam anhob, zitterten seine Hände.

* * *

Brandtner wandte den Kopf und erblickte sein eigenes Spiegelbild im Fenster: Barett, Anstecknadel, die Waffe im Anschlag. Es war einer jener kargen Momente, in denen er seinen Job wirklich liebte.

Brandtner nickte seinem Kollegen hinter der Couch noch einmal kurz zu, atmete noch einmal tief durch und zielte dann mit seiner Waffe zwischen die Rippen des Einbrechers.

* * *

Leschek Varowsky traute seinen Augen nicht.

Alles hatte er erwartet, aber nicht das.

Das Kästchen war leer.

Da vernahm er in seinem Rücken plötzlich eine Stimme: „Hände hoch, hinter den Kopf, und langsam aufstehen, ganz langsam!“

Im gleichen Moment zuckte seine Hand zur Makarow hinab.

Kapitel 1

Haus voll Tod und Irrtum

Als Hauptkommissar Mathesdorf eintraf, wunderte er sich zunächst. Zwei Zivilfahrzeuge und der Bus der Spurensicherung hatten die Auffahrt derart zugeparkt, dass er vor dem Tor parken musste.

Misstrauisch musterten ihn einige rauchende Beamte, die augenscheinlich Pause machten und beim besten Willen nicht zu seiner Abteilung gehörten. Allem Anschein nach hatten sich nicht nur seine Leute hier eingefunden: Abgesehen von der halben Mordkommission schienen sich auf dem Gelände das Einbruchsdezernat und einige Kittelträger herumzudrücken, die er aber selbst auf den zweiten Blick nicht wirklich einordnen konnte.

Als an der Haustür ein Beamter des Einbruchsdezernates auf seinen Ausweis bestand, wäre Mathesdorf am liebsten wieder gegangen. Der Mann war bestimmt einen Kopf kleiner und mit Sicherheit zehn Jahre jünger als er, und obwohl er sich bereits seit drei Jahren des Ranges des Hauptkommissars erfreute, war es doch nicht das erste Mal, dass ihm so etwas passierte. Doch das war wohl einer der Nachteile, die man in Kauf nehmen musste, wenn man die Grillfeste und Kohlfahrten des Präsidiums konsequent versäumte.

Nachdem er seinen Dienstausweis vorgezeigt hatte, betrat er unter den überschwänglichen Entschuldigungen des Türstehers den Flur und von da aus eine Art Wohnzimmer, dessen Einrichtung den Hauseigentümer als wohlhabend auswies, aber durchaus Zweifel bezüglich seines Geschmackes zuließ. Derartige Masken jedenfalls hatte Mathesdorf das letzte Mal zwanzig Jahre zuvor in billigen italienischen Kannibalen-Filmen gesehen und schon damals für wenig authentisch gehalten.

Jemand von der SpuSi befasste sich gerade mit dem Inhalt zweier Taschen, die offensichtlich wahllos mit Einrichtungsgegenständen vollgestopft und wahrscheinlich nicht Eigentum des Hauseigentümers waren. Als er seinen Blick schweifen ließ, blieb Mathesdorf zuletzt an einem Loch hängen, das in der Verandatür klaffte, und von dessen Rand ein weiterer Beamter der Spurensicherung gerade Fingerabdrücke abzunehmen versuchte. Augenscheinlich ein Fall für das Einbruchsdezernat.

In solchen Augenblicken hatte Mathesdorf den Eindruck, er werde aufgrund einer zu niedrigen Mordrate mindestens dreimal im Monat irgendwo hingerufen, damit er ja nicht auf die Idee kam, im Büro herumzuhängen und Kaffee zu trinken. Er hatte den Gedanken noch nicht einmal zu Ende gedacht, als sich zwei Männer mit einem hellen Plastiksarg an ihm vorbeidrückten.

Nun, er war zumindest nicht umsonst gekommen.

Der Fall schien nicht sonderlich kompliziert, er hatte derlei oft genug erlebt: Der Hauseigner oder irgendein unausgelasteter schwarzer Sheriff überraschte einen Einbrecher und verpasste ihm eine Kugel. Ende. Manchmal war es auch umgekehrt, aber so oder so würde der Papierkram sich in Grenzen halten.

Mathesdorf wollte zurück ins Büro zu seinem Kaffee.

Er blickte sich um und ging dann einige Schritte in Richtung Treppenhaus. Dort entdeckte er neben einer offenen Flasche Gin einen aufgelösten Mann auf den Stufen. Augenscheinlich der Hausherr, der im Begriff war, die Fragen zu beantworten, die sein Assistent ihm stellte.

Klaus Plagemann bemerkte Mathesdorf und bot ihm die Weiterführung der Vernehmung an. Der lehnte dankend ab und zog sich schweigend in den Flur zurück. An den Wänden hing hier eine Reihe gerahmter Zeitungsausschnitte und Titelblätter, auf denen der Kommissar den Mann aus dem Treppenhaus wiederzuerkennen glaubte.

Um sich zu vergewissern, warf er noch einen Blick zurück. Kein Zweifel: Der Hausherr war kein Geringerer als Floyd Wittgenstein, der Hobbyarchäologe, der gut ein Jahr zuvor mit der Entdeckung einer spanischen Galeone vor der ostafrikanischen Küste für Aufsehen gesorgt hatte. Das Thema hatte die Boulevardmagazine seinerzeit ebenso wie die Fachpresse beschäftigt, so dass sogar Mathesdorf – der Lesen im Allgemeinen für Zeitverschwendung hielt – sich an die Geschichte erinnern konnte. Wittgenstein hatte es damals bis in die National Geographic und die Science Today geschafft, aber wenn Mathesdorf sich richtig entsann, war der Rechtsstreit mit der spanischen Krone zu seinen Ungunsten ausgegangen, er hatte gut achtzig Prozent der geborgenen Fracht an Spanien übergeben müssen und dafür im Gegenzug irgendeinen Orden erhalten. Die öffentliche Anerkennung und die dazugehörige Bergungsprämie hatten ihm aber offensichtlich ausgereicht, sich diesen Prachtbau zu leisten.

Auf den Fotos, die, wie er feststellen musste, mindestens ein halbes Jahr alt waren, hatte Wittgenstein noch etwas Naives, das dem Mann auf der Treppe allerdings vollkommen abging. Dieser war aufgeschwemmt, high-society-geschädigt, ein Koks- und Cocktail-Krüppel. Der Kommissar hatte mit solchen Leuten genug zu tun gehabt, so dass er sie inzwischen auf den ersten Blick zu erkennen vermochte. Wahrscheinlich hatte Wittgenstein sich auf dem Gipfel seines Ruhmes in die Berliner Partygesellschaft eingekauft, seinen Pelz nach außen getragen und damit letztlich auch die Aufmerksamkeit irgendeines Einbrechers erregt. Diesem war er dann zu allem Unglück persönlich begegnet und überlegte jetzt verzweifelt, wie er den illegalen Besitz der Waffe rechtfertigen sollte, mit der er aus nächster Nähe sicherlich mehr als einmal auf den Einbrecher geschossen hatte.

Während Mathesdorf sich noch überlegte, wo er für ein neues Auto und einen bequemen Vorruhestand nach alten Münzen hätte graben können, drängten die beiden Leichenträger sich wieder an ihm vorbei. Mathesdorf verwarf seine Theorie.

Das Erschießen zweier Einbrecher hätte nicht nur weit mehr Zeit und Talent erfordert, sondern bedeutete zugleich auch erheblich mehr Aufklärungs- und Schreibtischarbeit. Wenn Wittgenstein allerdings Erfahrung im Umgang mit Schusswaffen hatte und darüber hinaus kaltblütig genug war ... Mathesdorf warf noch einen Blick hinüber zur Treppe, wo der wimmernde Hausherr an der Schulter seines irritierten Kollegen lehnte und ließ äußerst widerstrebend den Gedanken zu, dass dieser Fall womöglich doch nicht so einfach lag.

Mathesdorf tat einen Schritt zur Seite und blickte den beiden Sargträgern nach, die an der Haustür schließlich auch von dem übereifrigen Beamten angesprochen wurden, und was der Kommissar da hörte, war das letzte, was er hätte hören wollen: „Schon die beiden aus der Küche rausgeschafft?“

Die Antwort allerdings gefiel ihm noch weniger: „Nein, wir sollen erst das Zimmer hinten leerräumen.“

Kaum, dass die beiden Männer mit dem Sarg wieder draußen verschwunden waren und Mathesdorf ihnen mit einem seltsamen Gefühl in der Magengegend nachschaute, legte sich eine Hand auf seine Schulter.

„Ich möchte nicht in deiner Haut stecken, Jochen ...“

Elmar von Trondt war Gerichtsmediziner. Er und Mathesdorf kannten einander nun schon über fünf Jahre, und während der Umstand, dass auch von Trondt sich um den Besuch von Grillfesten zu drücken pflegte, ihn fast sympathisch machte, führte die Tatsache, dass er ein Spezialist war, dazu, dass Mathesdorf ihn nicht gerne außerhalb der Gerichtsmedizin sah.

Am wenigsten gern sah er ihn an Orten, an denen er selbst zu tun hatte. Draußen nämlich zog man von Trondt nur zu Rate, wenn es Fälle gab, bei denen von vornherein klar war, dass man, um sie zu lösen, ein paar Semester mehr studiert haben musste.

Mathesdorf nickte.

„Ich denke, ich weiß, was du meinst."

„Das denke ich nicht."

„Wie viele?"

„Fünf, aber ..."

„Verdammt." Er hatte gehofft, seine Dienstzeit ohne einen gottverdammten Massenmörder hinter sich bringen zu können. Mit zusammengekniffenen Augen stand er im Flur und starrte durch ein ovales Fensterchen hinaus in den Wald. Diese Geschichte wollte ihm so gar nicht gefallen, und wie es aussah, konnte sie noch schlimmer ausgehen als seine Scheidung.

Seine Gedanken überschlugen sich. Vor seinem inneren Auge sah er bereits die blutigen Schmierereien an den Wänden.

Nun hatte er also irgendeinen perversen Manson mitsamt seiner kranken Familie zu jagen, würde sich alle paar Tage stellvertretend für den gesamten Polizeiapparat in der Presse zusammenfalten lassen müssen, und irgendwann würde man ihm nahelegen, seinen Hut zu nehmen. Fälle wie dieser hatten dieses Potenzial, und beinahe verspürte Mathesdorf den Wunsch, sich einfach in den Fuß zu schießen, um sich ein halbes Jahr berufsunfähig schreiben zu lassen.

Von Trondt sah unterdessen förmlich, wie die finsteren Gedanken im Kopf seines Kollegen kreisten. Darum beschloss er, Mathesdorf erst einmal allein zu lassen und zunächst im Wohnzimmer zu verschwinden.

Mathesdorf versuchte, sich auszumalen, was hier geschehen sein mochte. Doch als er sich zwei Minuten später dann doch in das nach hinten weisende Arbeitszimmer begab, wollte der Anblick überhaupt nicht diesen Vorstellungen entsprechen.

Durch die herabgelassenen Jalousien fielen schmale Streifen spärlichen Lichtes in den Raum, die unzureichend das

Umbetten einer weiteren Leiche beschienen. Im nächsten Moment schon hatte das fachmännische Auge des Kommissars die abgeklebten Umrisse dreier Körper entdeckt: einer auf der Rückenlehne einer Ledercouch, ein zweiter hinter der Eingangstür und der dritte vor dem Safe.

Zu seiner Verwunderung jedoch gab es nur bei dem letzten etwa in Höhe des Kopfes eine Blutlache. Mit einem weiteren Blick bemerkte er einige Einschusslöcher in der hölzernen Wand- und Deckenvertäfelung des Raumes. Gerade ließ ein Mitarbeiter der SpuSi eine russische Automatik in eine Plastiktüte gleiten, die er dann behutsam in einen Aluminiumkoffer neben zwei andere Handfeuerwaffen legte.

Mathesdorf wunderte sich: keine blutigen Schmierereien, keine Hühner mit abgebissenen Köpfen, keine abgetrennten Gliedmaßen. Da entsann er sich, etwas von Toten in der Küche gehört zu haben.

Dort bot sich ihm ein ähnliches Bild: Schüsse hatten einige Kacheln gesprengt, so dass die Splitter nun den Boden bedeckten, doch auch hier war dabei auf den ersten Blick kein Blut zu sehen.

Die beiden Toten, den Uniformen nach wahrscheinlich Sicherheitsleute, lagen neben den Türen. Erleichtert stellte Mathesdorf fest, dass zumindest einer der beiden Männer geblutet hatte, und während er noch die beiden Toten auf den hellen Fliesen des Küchenbodens betrachtete, wünschte Hauptkommissar Mathesdorf nichts sehnlicher, als ganz weit weg und ein vollkommen anderer zu sein. Von Trondt erschien in der Küchentür, beschloss angesichts des grübelnden Kollegen jedoch, sich ein weiteres Mal zurückzuziehen.

Mathesdorf hatte genug gesehen. Ein mysteriöser Mordfall mit fünf Toten; das Einzige, was für eine Polizeikarriere noch schlechter hätte sein können, wäre einer mit sechs gewesen.

Mit einem leisen Fluch auf den Lippen drehte er sich um und begab sich wieder zum Ausgang. Er würde zurück ins Büro fahren, die Männer vor Ort ihre Arbeit machen lassen und noch einen Kaffee trinken, bevor der ganze Ärger richtig losging.

„Warte mal, Jochen!"

Erneut kam von Trondt auf ihn zugehastet. Mathesdorf aber hatte nicht vor, sich aufhalten zu lassen. Die Einzelheiten dieses Problems würde er für seinen Geschmack noch früh genug erfahren.

Damit Mathesdorf ihm überhaupt zuhörte, musste von Trondt ihm nach draußen folgen.

„Ich denke, du solltest wissen, woran sie gestorben sind. Es ist noch nicht sicher, aber ..."

Ohne überhaupt auch nur seinen Schritt zu verlangsamen, hob Mathesdorf die Hand.

„Glaub mir, Elmar, ich ärgere mich schon genug darüber, dass sie überhaupt gestorben sind."

Mathesdorf wandte sich um und öffnete die Tür seines Wagens.

Von Trondt aber war noch nicht fertig: „... zum gegenwärtigen Zeitpunkt deutet alles daraufhin, dass sie erstickt sind."

Mathesdorf sah ihn kurz an, runzelte die Stirn, hob zweifelnd die rechte Braue und stieg ein. Ohne sich noch einmal umzublicken, verließ er das Anwesen Floyd Wittgensteins in der Gewissheit, seinen nächsten Kaffee mit Schuss zu nehmen.

Kapitel 2

Der Tod kommt in die Stadt

Carlos Amos war Börsenmakler.

Zumindest bezeichnete er sich so.

Tatsächlich verlor er zumeist mehr Geld, als er verdiente. Aber in der Regel war es nicht sein eigenes; man gab ihm Geld, er legte es an und nahm Prozente, und die behielt er, was auch immer geschah.

Von Aktien verstand er gerade genug, um es mit seinem eigentlichen Talent sinnvoll zu kombinieren. Amos konnte reden, er war ein rhetorischer Alchemist und pflegte innerhalb einer halben Stunde jede Art von Scheiße in Gold zu verwandeln. Dieses Kunststück aber hielt mit Glück höchstens bis zum nächsten Börsenschluss.

Amos pflegte Blätter wie die Wirtschaftswoche zu lesen. Kein ernsthafter Journalismus, aber zumindest informativ genug, um mit dem angelesenen Halbwissen unbedarfte Menschen zu beeindrucken.

Bedingung war, dass sein Gegenüber nicht mehr von dem Geschäft verstand als er selbst. Genau genommen war es sogar von Vorteil, wenn es überhaupt keine Ahnung hatte und damit eine Unmenge Geld verdienen wollte.

Aber mit dieser Qualifikation fand sich immer irgendjemand ...

* * *

Spät an diesem Abend saß Carlos Amos mit zwei potenziellen Interessenten an der Bar des Adlon.

Das Hotel machte sich gut. Hier zu sitzen bedeutete, Erfolg auszustrahlen, es geschafft zu haben.

Sein Anzug saß gut, war aber nur geliehen. Außerdem hatte er sich seit langem einmal wieder ordentlich rasiert und ein Eau de Toilette aufgelegt, das vor allem teuer roch, und nun versuchte er bereits seit einer geschlagenen Stunde, seinen Begleitern die Gewinnsteigerungschancen auf dem Sektor der Mobilfunkanbieter schmackhaft zu machen. Um seine Ausführungen zu unterstreichen, hatte er einige Schaubilder und Tabellen bei sich, die aber im Endeffekt genau dieselben waren, die er bereits für kolumbianischen Kaffee und Freizeitkleidung benutzt hatte.

Aber an diesem Tag war ihm eher nach Telekommunikation. Neue Märkte. Das machte sich immer gut.

Das Kundengespräch verlief in den üblichen Bahnen – im Laufe der Jahre hatte er gelernt, wie man mit diesen Leuten umgehen musste: über ihre Witze lachen, die Getränke bezahlen und nicken, wenn sie etwas sagten.

Den Rest der Zeit musste man selbst reden. Hauptsache, es klang gut – und höchstens ein Viertel des Gespräches durfte sich geschäftlichen Themen widmen. Wenn man diesen Regeln folgte, konnte man alles verkaufen. Es war ein einfaches Prinzip: Erst wirkte man kompetent, dann wurde man menschlich, und wenn dann am Ende etwas schiefging, hatte man schließlich nie behauptet, unfehlbar zu sein.

Die beiden Typen schienen ein leichter Fang. Studenten aus besseren Familien, die lange zu Hause gewohnt und dabei Geld gespart hatten, das sie nun innerhalb kürzester Zeit zu verdoppeln gedachten. 60.000, wenn er sie richtig verstanden hatte.

Einer der beiden sah aus wie ein islamischer Fundamentalist aus einer US-Fernsehserie, der andere wie ein Vollidiot. Ihre Namen hatte er sich nicht merken können.

Am schwersten fiel es ihm, sich für ihr Studium zu interessieren, was aber bei Kommunikationswissenschaften und Ethnologie sicher auch anderen schwergefallen wäre. Aber Amos gab sich Mühe. Jura wäre noch schlimmer gewesen.

Sein Problem war, dass er mehr Betrüger als Broker war.

Die beiden waren einfache Gemüter, und mit dem Angebot, sie an diesem Abend einzuladen, hatte er sie beinahe schon in der Tasche gehabt. Doch seit sie wussten, dass er zahlen würde, hatte der Fundamentalist wie ein Loch zu saufen begonnen. Der andere hörte ihm interessiert zu, und während Amos aus den Augenwinkeln einen Zombie nach dem anderen über den Tisch wandern sah, wurde ihm eines allmählich klar: Wenn die beiden ihm ihre Ersparnisse nicht anvertrauten, dann würde es ein teurer Abend werden ...

* * *

Er erzählte den beiden gerade Geschichten aus seiner eigenen Studienzeit, als sein Handy klingelte. Als er sich meldete, bemühte er sich, nach beiden Seiten geschäftsmäßig zu wirken, bat schließlich seine beiden Klienten, einen Augenblick zu warten, erhob sich und verließ die Lobby.

Im Vorübergehen bedeutete er dem Barkeeper, den beiden nachzuschenken.

*   *   *

Erst draußen sprach er. Es war einer seiner Kunden, ein Charlottenburger Kieferorthopäde, dessen wichtigste Aktie innerhalb eines Monats um die Hälfte gefallen war.

In diesem Fall hielt Amos die „Mal gewinnt man, mal verliert man"-Masche für angemessen, musste dabei jedoch feststellen, dass es alles andere als leicht war, sein Gegenüber zu beruhigen. Während das Gespräch kurz darauf zu eskalieren und seine Höflichkeit allmählich nachzulassen drohte, begann der Page am Eingang, Amos abfällig zu mustern.

Er beschloss, sich etwas zu entfernen und verschwand hinter der nächsten Ecke, während vom Brandenburger Tor der Lärm einiger Touristen hinüberdrang, die sich mitten in der Nacht um die beste Position auf irgendeinem Souvenirphoto zankten. Amos drückte sich in den Schatten des Hotels und war gerade im Begriff, seinen Gesprächspartner auf den nächsten Tag zu vertrösten, als ihm ein kalter Schauer über den Rücken lief. Zunächst hielt er es noch für ein Kreislaufproblem, dann aber fühlte es sich plötzlich an, als drängen ihm spitze Nadeln direkt ins Rückenmark.

Er brach in die Knie, verlor sein Mobiltelefon, das zu Boden fiel und davonpolterte. Schmerzerfüllt schrie Amos auf.

Es war aber nichts zu vernehmen, nicht das geringste Geräusch. Weder sein Schrei noch das aufschlagende Plastik. Das Ganze wirkte wie eine Szene, die man abgefilmt und deren Tonspur man später komplett gelöscht hatte.

Der Schmerz wurde unerträglich, und Amos spürte, wie seine Kehle sich zuzuschnüren begann, rang vergebens nach Luft, versuchte, sich zu bewegen, hinaus auf die Straße zu kriechen, aber er konnte sich nicht rühren. Beinahe, als halte irgendjemand oder -etwas ihn fest und drücke ihn zu Boden.

Der Sauerstoffmangel machte sich bemerkbar, langsam verfärbte sich sein Gesicht tiefrot, sein Hals begann anzuschwellen, und ganz allmählich traten seine Augen hervor. Doch niemand bemerkte Carlos Amos, der im Schatten des Hotels Adlon seine groteske Sterbepantomime aufführte, die beinahe fünf Minuten andauerte und vollkommen geräuschlos vonstatten ging.

Eine halbe Stunde später entdeckte ein Urlauber im Schatten des Adlon einen Toten. Zehn Minuten später traf der Notarzt ein, dem aber lediglich blieb, Tod durch Ersticken festzustellen. Der Mann stand vor einem Rätsel – zumal er die Diagnose diese Nacht bereits zum zweiten Mal stellte.

Etwa eine Stunde darauf mussten die beiden Studenten in der Bar des Adlon feststellen, dass sie bei weitem nicht genügend Geld hatten, um ihre Getränke selbst zu bezahlen ...

*   *   *

Der Wald lichtete sich, und im Dunkel tauchte das Anwesen Wittgensteins auf. Simon Grauert nahm den Fuß vom Gas.

Er war lange nicht mehr hier gewesen. Aber er hatte mit dem neuen Leben seines Freundes einfach nichts anfangen können. Die ersten Partys hatte er noch mitgefeiert, war betrunken in den Pool gefallen, hatte artig seine ein, zwei Lines gezogen und mit Frauen geschlafen, ohne sie nach ihrem Namen zu fragen. Bis ihm klargeworden war, dass es wahrscheinlich jedes Wochenende so weitergehen würde.

Daraufhin war er einfach nicht wiedergekommen. Er hatte noch zu viel vorgehabt, um den Rest seines Lebens in schillernde, weiße Streifen zu zerteilen und mit beiläufigen Bewegungen wegzuschnupfen.

Anders Floyd. Dem war sein plötzlicher Ruhm zu Kopf gestiegen, und bald schon hatten Welten zwischen den beiden gelegen. Inzwischen jedenfalls hatte er seinen Freund sicher ein halbes Jahr nicht mehr gesehen, und in dieser Zeit hatte sich auch in seinem eigenen Leben einiges getan; Grauert hatte wieder einmal mit dem Trinken aufgehört, den Frauen abgeschworen und sein Konto allen Vorsätzen zum Trotz nicht ausgleichen können. Nach sechs Semestern hatte er einmal mehr das Fach gewechselt und studierte inzwischen aus reiner Neugier Archäologie, Latein und Judaistik.

Tatsächlich hatte er nicht einmal das Latinum. Aber Simon Grauert war schon immer so gewesen.

Wittgenstein hingegen hatte sich verändert, seit es ihm gelungen war, das Wrack der Neruda zu bergen, hatte sich in seiner Popularität regelrecht gesuhlt, seine Vergangenheit und alles andere, was ihn für Grauert jemals sympathisch gemacht hatte, nach und nach abgestreift.

Davor, während ihres Studiums, hatten die beiden einige Zeit zusammen gewohnt und dabei noch ähnliche Vorstellungen von ihrer Zukunft gehabt. Inzwischen aber hatte Wittgenstein sich in einem seiner Träume verloren, und dieses Haus war sein Refugium, wo er die Reste seines Traums vom Ruhm am Leben zu erhalten suchte, ein glamouröser Kokon, der ihm für die Dauer einer Saison die Achtung der übrigen Insekten verschafft und ihn zu ihrer Königin gemacht hatte. Aber es lag in der Luft, und Grauert konnte es förmlich riechen: Die Saison war vorbei, und mit ihr die goldenen Tage Wittgensteins.

Dieses Anwesen war möglicherweise die einzige Erinnerung seines Freundes an seine große Zeit. Es war unwahrscheinlich, dass Wittgenstein diese Oberschicht-Sentimentalität gegen die Freiheit eintauschen würde ...

Ihm war es ein Rätsel, wie sein Freund diesen verschwenderischen Lebensstil überhaupt finanzierte. Die Handvoll Titelblätter, Fernsehauftritte und Interviews konnten es kaum gewesen sein. Das geborgene Wrack hatte Wittgenstein mitsamt der Ladung an die spanische Krone zurückgeben müssen, und von dem „Finderlohn“ hätte er sich damals allenfalls ein neues Auto und einen Urlaub gönnen können. Inzwischen allerdings machte er schon seit einem Jahr Urlaub.

Grauert war damals dabei gewesen, als sie die Galeone geborgen hatten. Er hatte die Ladung katalogisiert, zusammen mit Wittgenstein Juan Carlos' Hand geschüttelt, wie sein Freund einen Orden bekommen und eine Woche in einem Madrider 5-Sterne-Hotel gewohnt. Dort hatte er einen Bademantel geklaut, der ihm später allerdings in Rechnung gestellt worden war – und das war Simon Grauerts Anteil am Ruhm Floyd Wittgensteins gewesen.

Sein Freund hingegen musste es irgendwie geschafft haben, etwas von Bord des Schiffes auf die Seite zu schaffen, dass er nach und nach zu Geld hatte machen können. Was immer das aber auch gewesen sein mochte, in Grauerts Augen war Floyd Wittgenstein schon lange gestorben, und sein Hilferuf hatte etwas von der Verzweiflung eines lebendig Begrabenen gehabt. Wittgenstein hatte ihn am Morgen angerufen, ihn gebeten vorbeizukommen, und Grauet hatte sich vorgenommen, ihm noch ein einziges Mal zu helfen.

Das hatte er immer getan, und jedes Mal war es das letzte Mal gewesen ...

*   *   *

Er parkte vor der Einfahrt, warf die Wagentür ins Schloss und lehnte sich ans Auto. Sein Atem ging ruhig. Ob es hier wirklich Wildschweine gab?

Langsam wandte er den Kopf und schaute nachdenklich die Auffahrt empor, an deren Ende die gläserne Fassade der Villa im Mondlicht glänzte, und als er kurz darauf Absperrbänder der Polizei im Dunkel schimmern sah, wusste er, dass Floyd ein echtes Problem hatte. Aber es würde womöglich das interessanteste sein, dass er je gehabt hatte.

*   *   *

In dieser Gegend Neuköllns wohnte man nicht gerne. Zehn Einraumwohnungen pro Stockwerk. Das Küchenwaschbecken war in der Regel auch das Bad, das Klo lag auf dem Flur.

Der Eigentümer hatte aus einer Wohnung jeweils drei gemacht und inzwischen selbst die ursprünglichen Kellerräume zu Wohnzellen umgebaut. Eine solche Unterbringung hätte gegen ein gutes Dutzend Inhaftierungsstatuten verstoßen. Aber dies war schließlich kein Gefängnis.

Wer hier wohnte, tat es freiwillig. Die meisten waren illegale Flüchtlinge, bedauernswerte Gestalten, die tagsüber den absonderlichsten Geschäften nachgingen. Sie kamen aus allen Teilen der Welt und machten dieses Haus zu einem der wirklichen multikulturellen Zentren der Stadt.

In der Regel vertrugen diese Ausgestoßenen sich untereinander. Nur sporadisch wurde im Treppenhaus jemand angeschossen oder erstochen. Zigarettenschmuggler, niedere Chargen der Russenmaffia oder Männer, die mit der falschen Frau geschlafen hatten. In manchen Kulturen gab es da strenge Gesetze, die unglücklicherweise auch in so einem Haus Gültigkeit hatten. Wenn man heimkam, war es das Beste, die Treppe hochzuschleichen und sich im eigenen Zimmer einzuschließen.

*   *   *

In einer derartigen Wohnung lebten auch Charo Guyu Herguda und M'zee Guyu, die neben dem Raum zum Leben annähernd alles miteinander teilten. Charo war knapp dreißig und stand kurz vor dem Abschluss seines Studiums in deutsch-afrikanischem Recht, während der M'zee weder schreiben noch lesen konnte und sich seit siebzig Jahren standhaft weigerte, eine andere Sprache als die seines Stammes zu lernen.

Die beiden waren Wasania, Angehörige eines ostafrikanischen Nomadenstammes aus der Gegend des alten Zimbabwes.

Charo war ursprünglich der einzige von ihnen gewesen, der es vor Jahren bis nach Europa geschafft hatte. Sein Englisch war ausgezeichnet, sein Deutsch mittelmäßig. Nach dem Studium hatte er vor, in seine Heimat zurückzukehren. Er wollte dort etwas verändern.

Der alte M'zee, ein hoher Stammeswürdenträger, war vor etwa einem Jahr mit einem Auftrag nachgekommen, der tief in der Geschichte seiner Familie verwurzelt war. Zunächst hatte er ihn nach Spanien und später nach Berlin geführt, und obwohl der Alte offenkundig ein nahezu biblisches Alter erreicht hatte, war ihm deutlich anzusehen, dass er alles tun würde, was nötig war, um seine Aufgabe zu erfüllen. Die große Spinne Zeit hatte ein dichtes Netz von Falten über sein dunkles Gesicht gesponnen, in dessen Fäden die Geschichten eines bewegten Lebens blitzten. Seiner faltigen, mageren Hülle zum Trotz waren seine Augen von einer seltsamen Wachheit erfüllt. Er beobachtete. Wartete.

Der M'zee hatte während des gesamten Jahres das Haus nicht verlassen. Charo hatte sich um alles gekümmert; saubere Wäsche, Besorgungen, was immer der Alte brauchte. Seiner Meinung nach gebot das schon die Ehrfurcht vor den Älteren.

*   *   *

Die beiden Männer sprachen wenig. An diesem Morgen aber redeten sie sehr laut in einer Sprache, die keine fünf Leute in dieser Stadt verstanden hätten. Die beiden stritten über die Schlagzeile der Zeitung. Charo hatte sie mitgebracht, und schon das dazugehörige Bild hatte ausgereicht, den M'zee in helle Aufregung zu versetzen. Er hatte den Mann sofort erkannt. Er war es gewesen, der ihn bis nach Deutschland, weg von seiner Heimat, getrieben hatte.

Schließlich hatte Charo ihm den Artikel übersetzt.

*   *   *

Der M'zee war außer sich.

Es musste etwas geschehen. Niemand außer ihm ahnte, in welcher Gefahr sie schwebten; er selbst, Charo, die ganze Stadt ... und das war der Grund, weshalb er hier war.

Kaum war der Artikel übersetzt, hatte Charo ein Telegramm für ihn aufsetzen müssen. Es war unbedingt nötig, dass einige Leute von den Geschehnissen erfuhren. Der Wächter würde so schnell wie nur möglich mit dem Stein nach Deutschland kommen. Denn dies war die Zeit der bösen Schatten, der Zorn der Götter stand im Begriff, über die Welt zu kommen ... der M'zee musste die Pflicht seiner Familie erfüllen und die Götter besänftigen.

Sein jüngerer Gefährte jedoch hatte Probleme, sich auf die abergläubische Hysterie seines Gegenübers einzulassen, und das war auch der Grund für ihren Streit gewesen. Der Alte wollte etwas tun, wollte Menschen, die Stadt warnen. Eine Stadt, in der er nicht einmal gemeldet war, in der er genau genommen nicht einmal existierte.

Für Charo konnte das Probleme bedeuten. Er sah sein Studium, die Früchte seiner Arbeit, die Erfüllung seiner Visionen gefährdet.

Währenddessen starrte den beiden ein aufgelöster Floyd Wittgenstein vom Titel der Tageszeitung entgegen, darunter die Schlagzeile: „Erstickt. Fünf Tote bei Einbruch in Nobelvilla. Seuchengefahr?“

Kapitel 3

Ein Vorgeschmack der Wahrheit

Seit dem Zwischenfall im Grunewald war es um die Stimmung auf dem Revier schlecht bestellt. Die Toten auf dem Wittgenstein-Anwesen hatten ganz einfach das Potenzial eines typischen „Köpfe-müssen-rollen“-Falles, in dessen Verlauf gewöhnlich eine unbestimmte Anzahl Beamter, nachdem sie irgendeine Verantwortung auf sich genommen hatten, in den Ruhestand zu gehen pflegte.

Anders waren solche Dinge nicht vom Tisch zu kriegen, und auf dieser Liste würde Mathesdorfs Name ganz oben stehen. Ein weiterer Grund, weshalb seine Laune sich beinahe stündlich verschlechterte.

Während es an Toten mehr als genug gab, hatte die Mordkommission um Jochen Mathesdorf nicht einmal den Ansatz einer Spur. Der Leichenfund war inzwischen vier Tage her, doch über dem Büro des Kommissars lag bereits der schwere Geruch schlafloser Nächte. Im Büro fernsehen und einschlafen, aufwachen und frühstücken, sich auf dem Klo rasieren und umziehen, das hatte Mathesdorf seit der Kaminski-Entführung nicht mehr gemacht. Dieses Verhalten konnte man nennen, wie man wollte, er bevorzugte die Bezeichnung: ständig abrufbereit.

Das klang jedenfalls besser als „sich vor der Presse verstecken".

Im Kaminskifall war damals nach zwei Wochen alles vorbei gewesen, die Beförderung hatte ihn zu einem ungleich beliebteren potenziellen Gast auf den Grillfesten des Reviers gemacht und die Presse hatte ihn geliebt. Sie hatten den Entführer der kleinen Sara in einem Bunker gefunden, aber seinerzeit hatten sie auch ein Phantombild und eine ungefähre Ahnung gehabt, wen sie da suchten. In diesem Fall hatten sie weder das eine noch das andere, und es sah nicht so aus, als ob die Presse ihnen gewogen sei ...

„Irre ich mich, oder habe ich darum gebeten, die Presse so lange wie möglich rauszuhalten?"

Mathesdorf sah schrecklich aus. Unrasiert, mit herabhängenden Hosenträgern und halboffenem Hemd stand er mitten im Büro und fuhr seinen Kollegen Plagemann an, kaum dass der in der Tür auftauchte.

„Natürlich, Jochen. Wir haben auch ..."

„Was ist dann bitteschön das?"

Mathesdorf schlug ihm die Zeitung förmlich um die Ohren, und Plagemann zog sich regelrecht routiniert zurück, um seine Verteidigung zu eröffnen.

„Das war dieser Wittgenstein. Wir haben damit nichts zu tun."

Wie erwartet reichte das, um den Zorn seines Kollegen von sich abzulenken.

„Dieser Idiot. Fünf Leichen auf dem eigenen Grundstück an die Presse zu verkaufen ... der tut wohl alles, um in die Zeitung zu kommen.“

Mathesdorf ließ sich in seinen Schreibtischsessel fallen und faltete die leere Brötchentüte mit den Resten seines Frühstücks zusammen. Plagemann aber war noch nicht fertig:

„Seit einem halben Jahr hat niemand mehr über ihn geschrieben, und der Mann ist es gewohnt, Schlagzeilen zu machen. Wahrscheinlich ist er froh, dafür keine TV-Sternchen schwängern oder sich den Schwanz verlängern zu müssen.“

„So ein Penner.“

Mathesdorf zog die Kaffeekanne zu sich herüber, füllte seine Tasse zur Hälfte und öffnete mit der anderen Hand die oberste Schreibtischschublade.

„Sollen wir ihm Ärger machen?“

„Lass mal. Davon gibt's im Augenblick schon mehr als genug in dieser Stadt.“

Mathesdorf fingerte einen Flachmann aus der Schublade, goss einen großzügigen Schluck Whisky in die Tasse und nahm missmutig nippend einige Akten zur Hand. Die erste war der Obduktionsbericht Elmar von Trondts. Er hatte tatsächlich recht gehabt, die Toten waren erstickt. Es gab keinen Hinweis auf die Ursache, geschweige denn die Ahnung einer Spur für irgendeine Fremdeinwirkung. Weder Würgemale noch Spuren in Luftröhre oder Lunge, als hätten die Opfer beschlossen, ihren Atem über den Zustand der Bewusstlosigkeit hinaus anzuhalten. Ihm kam ein Asterix-Band in den Kopf, in dem irgendein Balg so lange die Luft anzuhalten pflegte, bis es bekam, was es wollte. Dort jedenfalls hatte es geklappt.

Doch abgesehen von der Todesursache offenbarte der Obduktionsbericht noch einen weiteren bemerkenswerten Umstand: Der einschlägig vorbestrafte Einbrecher Varowsky wäre allem Anschein nach auch ohne Sauerstoffmangel gestorben. Der Untersuchung zufolge hatte er sich nur wenige Augenblicke zuvor den Schädel an einem schweren, eckigen Gegenstand angeschlagen.

Mathesdorf entsann sich des Blutflecks in Kopfhöhe eines der Toten. Natürlich. Aber da war nichts gewesen, woran ...

Das war der Augenblick, in dem der Kommissar beschloss, noch einmal die Tatortfotos und -skizzen durchzusehen.

Der folgende Ordner enthielt die Aussagen, die Wittgensteins Nachbarn zu Protokoll gegeben hatten. Ihnen zufolge war in der Gegend am betreffenden Abend nichts Verdächtiges zu sehen oder zu hören gewesen, geschweige denn ein Schuss gefallen. In Anbetracht dreier leergeschossener Magazine war das indes mehr als sonderbar.

Stirnrunzelnd legte Mathesdorf die Akte beiseite. Die Einzelteile dieser Geschichte passten einfach nicht zusammen. Wie diese Männer gestorben waren, dass niemand etwas mitbekommen haben wollte und dann Wittgenstein, ein Mann, den er für alles andere als koscher hielt.

Aber abgesehen von den fünf geheimnisvollen Toten war es in jener Nacht vergleichsweise ruhig im Grunewald gewesen: Ein Wildschwein hatte einen Jogger verfolgt, und gegen zwei Uhr morgens war irgendein volltrunkener Jugendlicher auf dem Heimweg vom Far Out mit seinem Golf in ein Schrebergartenhäuschen geknallt. Das aber war abgesehen von einem Feueralarm auch schon alles.

Alles in allem eine magere Ausbeute für eine Nacht in dieser Gegend, und selbst mit viel Phantasie war nichts dabei, das sich mit den Toten auf dem Grundstück in Verbindung hätte bringen lassen. Für den Fortgang der Ermittlungen und seine berufliche Zukunft jedenfalls sah Mathesdorf schwarz. Inzwischen hoffte er darauf, diesen Fall auf das Seuchendezernat abwälzen zu können, bevor er seinen vorzeitigen Ruhestand beantragen musste ...

Schließlich legte der Kommissar den gesamten Stapel beiseite, schaute zu dem in der Zeitung blätternden Plagemann hinüber und stellte die entscheidende Frage: „Bei wie vielen Toten sind wir heute Morgen?"

Es war ungefähr viertel nach neun, und bevor Mathesdorfs Assistent ihm überhaupt antworten konnte, öffnete sich die Tür, und zwei farbige Männer betraten hastig das Büro, ohne anzuklopfen.

* * *

Es war noch nicht einmal Mittag, aber Wittgenstein wusste nichts Besseres zu tun, als Grauert einen Drink anzubieten. Zum dritten Mal inzwischen, und einmal mehr lehnte sein Gegenüber ab.

So, wie er es auch am Abend zuvor getan hatte. Sie hatten über die alten Zeiten gesprochen, Dinge, die längst vorbei und Geschichte waren. Sentimentaler Quatsch, der nicht wirklich etwas Gutes bewirkte, wenn er auf den Tisch kam.

Ob er sich noch an Jenny erinnerte, hatte Wittgenstein wissen wollen ... und ob Grauert sich erinnerte. Jenny, die Femme Fatale mit den zu kurzen Beinen. Sie war die erste in einer langen Reihe gewesen, die Wittgenstein aus Grauerts Leben in das seine transferiert hatte. Oh ja, die meisten Fächer im Setzkasten von Wittgensteins vergangenen Beziehungen hatte Simon Grauert gefüllt. Der dürre Floyd hatte von Frauen nie mehr verstanden als von Forellenzucht. Aber im Gegensatz zu Forellen hatte er an Frauen immer Interesse gehabt. Überallhin hatte der gutmütige Grauert ihn mitgenommen, um ihn von seinen Büchern und seinen trüben Gedanken wegzubekommen. Wenn Grauert eine Freundin gehabt hatte, waren sie zu dritt um die Häuser gezogen, wobei Wittgenstein allmählich lernte, punktuell verständnisvoll zu sein, aus Büchern über die Liebe und das Leben zu zitieren und sich für Frauenprobleme zu interessieren. Grauert hatte nie auch nur so getan, als sei er ein Frauenversteher, weshalb auch all seine Freundinnen nach und nach in den Besitz seines Freundes übergegangen waren. Meist, bevor ihre Beziehung überhaupt vorüber war.

Irgendwann hatte Grauert begonnen, diesen Umstand als selbstverständlich zu betrachten. Aber je weiter er und Wittgenstein sich voneinander entfernt hatten, desto klarer war ihm geworden, dass er das nicht war ...

Natürlich erinnerte er sich an Jenny. So wie an alle anderen, und von all denen hatte Wittgenstein geredet, hatte geredet und getrunken, während Grauert geschwiegen hatte. Sein Gegenüber hatte sich durch Studienanekdoten und belanglose Sentimentalitäten gequält, einzig um sich irgendeines Restes ihrer einstigen Freundschaft zu versichern.

Das war ihm allerdings nur bedingt gelungen, denn diese Erinnerungen hatten Grauert vor allem klargemacht, wie Wittgenstein ihn über all die Jahre benutzt hatte, um seine zwischenmenschlichen Defizite zu kompensieren, und den ganzen Abend war nicht ein Wort darüber gefallen, weshalb Floyd ihn wirklich zu sich gebeten hatte. Aber durch die herumliegenden Zeitungen hatte Grauert inzwischen zumindest von den seltsamen Todesfällen auf seinem Grundstück erfahren. Es hatte ihm unter den Nägeln gebrannt, mehr darüber zu hören, aber er hatte das Gefühl gehabt, Wittgenstein müsse nach all der Zeit erst einmal sein sentimentales Ritual beenden, um offen mit ihm sprechen zu können.

Wittgensteins Monolog hatte bis in die frühen Morgenstunden gedauert, und nachdem Grauert die Nacht im Gästezimmer verbracht hatte, saßen sie nun zusammen beim Frühstück. Kaffee, Scotch und Aufbackbrötchen.

Das Vakuum im Kühlschrank schien im Vergleich zur Üppigkeit der Einrichtung vollkommen unverhältnismäßig. Halbherzig biss Grauert in das alte Brötchen, dem er zuvor durch etwas Frischkäse zumindest eine Ahnung von Essbarkeit verliehen hatte, und blickte sich um.

Am Abend zuvor hatte er sich nicht die Mühe gemacht. Nachdenklich kauend entdeckte er einige zersplitterte Kacheln an der Wand und machte die abgeklebten Konturen zweier Körper am Küchenboden aus. Wittgenstein hatte sich nicht einmal die Mühe gemacht, sie zu entfernen.

Auch in der Küche lag eine der Zeitungen mit Wittgensteins Konterfei und einem Bericht über die seltsamen Vorfälle auf seinem Grundstück. Grauert nahm sie zur Hand und blickte seinen Gesprächspartner an.

„Noch immer in den Schlagzeilen?"

„Habe es ihnen sogar exklusiv gegeben. Aber denk nicht, dass so etwas noch Geld bringt."

Geld. Das einzige, was Wittgenstein außer seiner Gesundheit noch interessierte. Neben Frauen war dies das Thema, über das Grauert am wenigsten sprechen wollte.

Missmutig kaute er auf seinem Brötchen herum. Er hatte keineswegs das Bedürfnis, das Gespräch vom Vorabend fortzuführen.

Vor allem wollte er allmählich wissen, worum es Wittgenstein ging, warum er ihn herbestellt hatte, und tatsächlich hatte er bereits einen Verdacht: „Es hängt mit dem Wrack zusammen, nicht?"

Wittgenstein schwieg. Mit gesenktem Kopf hockte er an dem gekachelten Küchentresen und spielte, während er in der Rechten den Tumbler schwenkte, mit der Linken beiläufig an einem Einschussloch in der Wand herum.

Die Frage hätte ihm eigentlich mehr als unangenehm sein müssen, hatte damals doch eigentlich Grauert das Wrack der Neruda entdeckt. Aber vielleicht hatte Wittgenstein das inzwischen vergessen.

Er sah jämmerlich aus. „Was immer uns einmal verbunden haben mag", dachte Grauert, „war fort", und nicht nur des gesunkenen Schiffes wegen. Im Nachhinein war er eigentlich sogar froh, dass Wittgenstein mit dem Ruhm auch die Verantwortung für die ganze Geschichte übernommen hatte. Weder mit dem einen noch dem anderen hätte er umgehen können. Von Geld ganz zu schweigen.

Wittgenstein hingegen hatte immer schon von diesen Dingen geträumt. Schon damals.

Ja, er erinnerte sich genau an Floyd Wittgenstein. Aber dieses aufgeschwemmte, verweichlichte Stück Mensch, das ihm hier und jetzt gegenübersaß, schien Grauert derart fremd, dass es ihm kalt über den Rücken lief. Nichtsdestotrotz war er neugierig, und in diesem wie so vielen anderen Fällen war seine Neugier größer als sein Unmut über verlorene Freunde, verflossene Liebschaften oder was auch immer. Wie vor zwanzig Jahren war dies seine größte Schwäche.

„Also?“

Grauert konnte sich einfach nicht vorstellen, was den Tod dieser Menschen verursacht hatte und wie das Ganze auch noch mit dem Wrack zusammenhängen sollte. Zumal Wittgenstein inzwischen eigentlich beinahe nichts davon mehr besaß, nur der Anker und einige Aufzeichnungen waren ihm geblieben. Den Rest hatte er der spanischen Krone zurückgeben müssen.

Nach einem weiteren Schluck aus seinem Scotch-Glas hob Wittgenstein kleinlaut an: „Weißt du, ich habe nicht alles zurückgegeben.“

Grauert hatte so etwas schon vermutet. Schließlich war Wittgensteins Leben von einem so sinnentleerten Luxus durchsetzt, dass es manch angehenden Popstar vor Neid hätte erblassen lassen, und so etwas kostete. Monatlich.

Es bedurfte eines langen nachdenklichen Blickes und zweier weiterer Schlucke, bis sein Gegenüber fortfuhr: „Eine kleine Schatulle. Hatte vergessen, sie auf die Bergungsliste zu setzen.“

Was immer Wittgenstein behauptete, das hatte er sicher nicht. Grauert entsann sich deutlich der Gespräche, die sie während der Bergung des Wracks geführt hatten. Sie hatten damals schon geahnt, dass Juan Carlos und seine Mischpoke nicht lange warten würden, um ihre Ansprüche geltend zu machen.

„Sie war ganz aus Gold. Mit Edelsteinen, Rubinen, Opalen und irgendwelchen anderen Steinen besetzt. Hab' sie rausgebrochen, einen nach dem anderen, wenn ich Geld brauchte. Ein paar waren einiges wert, andere weniger und wieder andere gar nichts. Scheiße."

Das sah ihm ähnlich. So wie Wittgenstein sich anhörte, mussten es wirklich einige Steine gewesen sein, die er im Lauf des letzten Jahres versilbert hatte, um all das hier zu finanzieren. Ähnlich luxuriös dürften seinerzeit ägyptische Grabräuber residiert haben.

„Diese beiden verdammten Neger haben davon gewusst. Sind zweimal hier gewesen im letzten Jahr! Ein Alter und ein Junger. Habe sie jedes Mal weggejagt und ihnen mit der Polizei gedroht. Aber irgendwoher wussten die beiden, dass ich das Kästchen hatte, irgendwoher wussten sie es ..."

Nachdenklich blieb Grauerts Blick an einem der abgeklebten Umrisse hängen.

„Was hat das mit diesen Toten zu tun?"

Er hätte es verstanden, wenn Wittgenstein der Schatulle wegen jemanden erschossen hätte. Aber er hatte niemanden erschossen. Stattdessen waren zunächst fünf gesunde Männer ganz plötzlich erstickt, und bei diesen fünf war es schließlich nicht geblieben ...

„Ich weiß nicht. Sie war leer, ich habe selbst hineingesehen. Mehr als einmal. Der Einbrecher muss sie aus dem Safe geholt haben, und als ich die ... die Leichen dann entdeckt habe, hat sie dagestanden. Er hatte sich seinen Schädel daran eingeschlagen, und da stand sie: offen und ... und irgendwie ... böse."

Wittgenstein begann zu stottern. Das Finden der Leichen musste für ein zwischen Designerdrogen aufgeriebenes Gemüt ein wirklich traumatisches Erlebnis gewesen sein.

Grauert aber war weit davon entfernt, sich anstecken zu lassen. Stattdessen nahm er noch einen Bissen von seinem zähen Brötchen.

„Was hat die Polizei zu der bösen Kiste gesagt?", fragte Grauert ironisch.

Unsicher sah Wittgenstein ihn an, starrte zu Boden und dann ins Leere. Er hob das Glas und leerte es mit einem Zug. Dann sog er die Luft zwischen den Zähnen hindurch.

„Die wissen nichts davon. Ich habe sie versteckt. Was glaubst du denn, was die mit mir machen würden? Hier gehe ich in den Bau, und die Spanier nehmen mir meinen Orden wieder weg, verdammt."

Grauert verdrehte die Augen. Auch das passte zu Wittgenstein. Er war ein Bastard, aber viel zu naiv, um es wirklich zu etwas zu bringen. Es war nur eine Frage der Zeit, bis die Polizei vor der Tür stand, um herauszufinden, woran sich dieser Einbrecher den Schädel eingeschlagen hatte.

„Simon? Ich brauche dringend Hilfe."

Wittgenstein starrte teilnahmslos ins Leere, Tränen standen ihm in den Augen.

Grauert wandte sich ab. Es kotzte ihn an. Er wusste beim besten Willen nicht mehr, wie oft Wittgenstein ihm die Ohren vollgeheult und dringend seine Hilfe gebraucht hatte.

In diesem Fall versprach es jedoch zumindest interessant zu werden ...

* * *

Die beiden Männer hatten sein Büro schon seit fünf Minuten verlassen, als Kommissar Mathesdorf seine Stimme wiederfand.

„Hast du so etwas schon mal erlebt?"

„Nein."

„Wer hat die überhaupt reingelassen?"

Es waren ein steinalter und ein junger Farbiger gewesen. Woher sie stammten, hatten Mathesdorf und Plagemann nicht erfahren. Aber das war im Zweifelsfall ebenso unwichtig wie das, was sie zu diesem Fall beizutragen gehabt hatten.

„Keine Ahnung. Aber ich finde es unglaublich, was für Märchenerzähler so ein Fall aus ihren Löchern treibt."

Plagemann schenkte sich grinsend einen Kaffee ein.

„Aber du hättest dir wenigstens ihre Adresse geben lassen können."

„Wozu? Glaubst du etwa, dass Typen wie die uns ihre richtige Anschrift geben würden?"

Missbilligend hob Plagemann eine Braue. *Typen wie die ...* Er hatte ein ausgeprägtes Empfinden für politische Korrektheit, das ihm oft Vorteile brachte, aber seine Zusammenarbeit mit Mathesdorf regelmäßig komplizierte.

„Ist doch wahr. Der Alte hat nicht mal Deutsch gesprochen, die haben vermutlich nicht mal eine Aufenthaltsgenehmigung."

Tatsächlich hatte der jüngere der beiden die ganze Zeit für seinen greisen Begleiter übersetzt. Aber in Anbetracht der

Aufregung des Alten war es wahrscheinlich auch sinnvoll gewesen, seine Worte in sinnvolle Sätze zu kanalisieren. Der Kommissar hatte beinahe Angst gehabt, der Alte könne in seinem Büro von einem Herzinfarkt niedergestreckt werden – und dann diese Sprüche: „Vertrauen Sie uns, wir haben alles in die Wege geleitet, was nötig ist. Wir werden dem Treiben des zürnenden Gottes ein Ende bereiten." Mathesdorf hatte schon dabei einen dicken Hals bekommen, und selbst Plagemann hatte Mühe gehabt, Verständnis für diese beiden seltsamen Gestalten aufzubringen.

„Glauben Sie uns, bis der Wächter hier ist, können Sie nicht mal ihrem eigenen Schatten trauen." Die einzige Person, der Mathesdorf so etwas abgekauft hätte, wäre wahrscheinlich Lara Croft gewesen, vielleicht auch Indiana Jones, aber der Auftritt dieser beiden schrägen Vögel hatte wie ein weiterer schlechter Witz in einer ganzen Reihe angemutet.

Der Alte hatte wie ein Wasserfall geredet, wobei man einen Wasserfall bestimmt eher hätte stoppen können. Der Mann hatte dieses prophetische Feuer in den Augen gehabt, was seinem Übersetzer gänzlich abgegangen war, so dass dieser wahrscheinlich nicht einmal die Hälfte der wirren Ausführungen übersetzt hatte.

Mathesdorf jedenfalls war für jedes Wort dankbar, das ihm entgangen war ... wenn ihm etwas am Arsch vorbeiging, dann war es der Zorn irgendwelcher Götter. Demnächst tauchten hier noch die Jünger des gekreuzigten Halbmonds auf, um die Legalisierung von Jungfrauenopfern für das Aufhalten der Apokalypse zu fordern. Aber Apokalypse hin oder her, wie viele Leute in seiner Stadt auch erstickten, auf die Hilfe irgendwelcher Buschdoktoren konnte er dankend verzichten.

Schließlich war noch nicht mal klar, ob das Ganze überhaupt ein Fall für die Mordkommission war. Wie auch immer, ehe sich die Sonderkommission Voodoo damit befasste, würde das Seuchendezernat sich um den Fall kümmern.

Presseschelte, unbekannte Seuchen und Medizinmänner. Das konnte nur mit „Verstehen Sie Spaß" zusammenhängen.

*   *   *

Marlies Töppel lebte allein mit ihrem Dackel in einer Mansardenwohnung in Mitte. Ihre zwei Zimmer waren eine Oase des Kitsches. Alles war Plüsch und bunt, ihre gesamte Einrichtung hatte den Charme eines gehäkelten Klorollenwärmers, und der Arthritis zum Trotz fühlten sich die alte Frau und ihr Hund hier oben, über den Dächern von Berlin, am wohlsten.

Zille, der Dackel, war etwas ganz Besonderes; er hatte sogar fast schon mal einen Preis gewonnen. Marlies Töppel jedenfalls liebte ihn über alles, und aus eben diesem Grund ging es ihr auch so nahe, dass ihr an diesem Abend das Hundefutter ausgegangen war. Doch zum Glück kannte sie unter den Spätläden der Stadt ein Zoofachgeschäft, und so rief Marlies Töppel ein Taxi, griff sich den Hund und schloss die Wohnungstür hinter sich.

Das Licht auf der Treppe war wieder einmal ausgefallen. Nur unten im Hausflur brannte eine Lampe. Der Fahrstuhl war ohnehin kaputt, und so blieb Marlies Töppel nichts anderes übrig, als sich mit schmerzenden Gelenken und dem

Dackel auf dem Arm vorsichtig von Stufe zu Stufe zu tasten. Über den Stufen lagen die Schatten der Fenstergitter, die sich auf dem Weg nach unten immer wieder mit absoluter Finsternis abwechselten, sofern nicht gerade ein gnädiger Schimmer durch die Milchglasfenster der Wohnungstüren fiel.

Die kleine, alte Dame hatte bereits mehr als die Hälfte der Treppe geschafft, war bis zum zweiten Stock gekommen und hatte auf dem dortigen Treppenabsatz schließlich innegehalten, um zu verschnaufen, als es sie plötzlich fröstelte. Ein kalter Schauer lief ihr über den Rücken. Seit sie die Siebzig überschritten hatte, passierte das immer häufiger, überkam sie aus heiterem Himmel.

„Na Zille, wir werden eben beide alt", meinte sie noch, als ihr mit einem Mal die Luft wegblieb. Es war ein sonderbares Gefühl, beinahe als ob sich im Inneren ihres Halses Hände um ihre Luftröhre legten und sie zudrückten. Ihr Kiefer klappte auf und zu, sie japste wie ein Fisch auf dem Trockenen, wobei es dem Hund auf ihrem Arm nicht anders zu ergehen schien.

Marlies Töppel ließ den Dackel fallen und griff sich an den Hals. Sie stolperte zwei Schritte vor, verlor das Gleichgewicht und stürzte kopfüber die Treppe hinab. Mit panisch aufgerissenen Augen schoss Zille von einer Stufe auf die nächste prallend an ihr vorbei.

Die alte Frau stürzte fast zwei Stockwerke weit, prellte sich Rippen, brach sich einen Arm und beide Beine und zog sich eine Handvoll Platzwunden zu, bis der Schatten sie schließlich in den hell erleuchteten Hausflur spuckte. Kein einziges Geräusch hatte ihren Fall begleitet.

Weder als sie sich die Stirn am Treppengeländer aufgestoßen hatte, noch als ihre Beine irgendwo zwischen den Stufen gebrochen waren. Nichts, absolut nichts war zu hören gewesen. Nicht einmal das Winseln des Hundes.

Erst jetzt vernahm sie wieder ihren eigenen flachen Atem. Sie konnte wieder atmen!

Da erst sah sie Zilles verdrehten Dackelkörper, der etwa fünf Stufen über dem Boden im Schatten des Treppenaufganges zu liegen gekommen war. Die Zunge hing ihm aus dem Hals, und ohne dass etwas zu hören war, sah sie, dass der Hund winselte. Als sein Kopf einige Momente später zu zucken begann und seine Augen langsam aus den Höhlen traten, wandte Marlies Töppel sich ab.

Sie konnte sich nicht bewegen, alles tat ihr weh, und all den Schrecken und Schmerzen zum Trotz mutete die Luft, die ihre Lungen durchflutete, beinahe wie eine Erlösung an.

Dann begann Marlies Töppel zu schreien ...

Kapitel 4

Die Ankunft des Wächters

Das Telefon riss Mathesdorf aus seinem unruhigen Schlaf. Er rieb sich die Augen und sah auf die Uhr. Zehn nach zwei.

Aber es war kein Telefongespräch, sondern ein auf dem Hauptanschluss des Reviers eingehendes Fax. Er verdrehte die Augen. Entweder handelte es sich um einen Irrtum, oder aber es war verdammt wichtig.

Der Wunsch weiterzuschlafen – eigentlich, bis das ganze Dilemma hinter ihm lag – war groß, aber nicht größer als der, zu wissen, was der Inhalt dieses Schreibens sein mochte. Schlaftrunken wälzte Mathesdorf sich vom Sofa und wankte zum Schreibtisch hinüber.

Er hoffte nur, dass es nichts mit den beiden Farbigen zu tun hatte. Die beiden Weltuntergangsjünger gingen ihm einfach nicht aus dem Kopf, und irgendwie hatte ihn längst das Gefühl beschlichen, dass es doch besser gewesen wäre, ihre Personalien festzuhalten ...

Der Inhalt des Schreibens aber war ein vollkommen anderer.

Tatsächlich war es seit Tagen der erste Sonnenstrahl, der die dunklen Schatten dieses Falles zu durchdringen vermochte, und genau genommen schien dieses Fax die Rettung seiner Karriere.

* * *

Wittgenstein hatte, was immer er von den Bergungsaufzeichnungen noch besaß, seinem Freund Grauert überlassen. Wenn dieser bezüglich der seltsamen Todesfälle etwas herausfand und Wittgenstein der Polizei daraufhin einen anonymen Tipp geben konnte, der dazu beitrug, das Ganze zu beenden, würde er wieder in Ruhe schlafen können.

Jedenfalls wusste Wittgenstein, dass Grauert der einzig Richtige für diese Aufgabe war. Er hatte ihm noch jedes Mal geholfen.

Ein Jahr zuvor hätte er wahrscheinlich noch selbst versucht, das Ganze aufzuklären. Inzwischen aber war er es gewohnt, andere die Kastanien für sich aus dem Feuer holen zu lassen. Er selbst konnte gar nichts mehr tun, klemmte feist im großen Fernsehsessel des Lebens fest, war dazu verdammt, diesen Film an sich vorüberziehen zu lassen und von Zeit zu Zeit mittels verbotener Substanzen die Farben und den Kontrast zu regulieren. Genau genommen war Wittgensteins Leben eine Art Pay-TV.

Simon Grauert hätte sich das schwerlich leisten können. Er saß zu Hause an seinem Schreibtisch und hatte Besseres zu tun, als sich über seinen kaputten Fernseher zu ärgern. Er hatte den Bergungsbericht inzwischen dreimal gelesen, ganz zu schweigen von den diversen Malen, die er ihn im Zuge der Bergung gelesen hatte, und die Hälfte hatte er damals sogar selbst geschrieben.

Abgesehen von dem Bericht hatte Wittgenstein ihm auch die Photos mitgegeben, und auch die hatte er in den letzten Stunden mehr als einmal durchgesehen. Ohne nennenswertes Ergebnis.

Aber da war noch etwas anderes, das Wittgenstein ihm überlassen hatte: die goldene Schatulle, die nun in ein helles Leinentuch eingeschlagen zwischen Pizzakartons, Comics, einer alten Polaroid-Kamera und einigen amerikanischen Ausgaben des Hustler vor ihm auf seinem Schreibtisch lag.

Hätte der Herrgott ihm nicht Comics und Pornographie in den Weg gelegt, hätte aus Grauert sogar etwas Vernünftiges werden können. So aber studierte er im 23. Semester, und zwar ohne ein Ende in Sicht. Doch dafür konnte er zumindest seiner Neugier frönen. Tatsächlich sogar häufiger, als er seine Miete zahlen konnte, und obwohl weder der Bergungsbericht noch die Fotos ihn weitergebracht hatten, hatte er plötzlich wieder alles vor Augen. Das Meer, die Carmen – der kleine Kutter, den sie gemietet hatten –, die Dekompressionsanzüge und dann das Wrack der Neruda. Aber diese Erinnerungen halfen ihm jetzt kaum weiter.

Da kam ihm plötzlich ein ganz anderer Ansatz in den Sinn. Womöglich gab es noch etwas anderes, das ihn weiterbringen konnte: das Logbuch des Kapitäns der Neruda. Das Original war inzwischen in irgendeinem spanischen Museum gelandet, aber Grauert besaß die englische Übersetzung der Taschenbuchausgabe Antonio Minguez'.

Der Kapitän der Neruda war ein gewisser Octavio del Flores gewesen, der sich bereits 1497 unter Vasco da Gama als Kommandant der San Raffael durch sparsame Rationierung hatte hervortun wollen. Del Flores' eigenwillige Einteilung der Vorräte hatte zur Folge gehabt, dass der größte Teil seiner Mannschaft kurz hinter dem Kap der guten Hoffnung an Skorbut zugrunde gegangen war, und am Ende hatte die San Raffael, deren Besatzung zum Führen des Schiffes nicht mehr ausgereicht hatte, versenkt werden müssen.

Nach seinen Verfehlungen unter da Gama hatte Octavio del Flores nach zwei Jahren ohne eigenes Schiff das Kommando über die Neruda erhalten, mit deren ehrgeiziger Reise er Pedro Álvarez Cabral beeindrucken wollte, an dessen nächster Expedition er unbedingt hatte teilnehmen wollen.

Cabral aber hatte del Flores nie zu Gesicht bekommen. Drei Monate bevor er sich auf den Weg nach Indien gemacht hatte, war die Neruda mit Mann und Maus nahe Malindi gesunken.

Drei Überlebende hatte es gegeben. Del Flores war nicht darunter gewesen.

Der Aussage eines überlebenden Seemannes zufolge war der Kapitän ertrunken, und an der Oberfläche war nicht mehr als sein wurmstichiges, hölzernes Gebiss zurückgeblieben, das zwischen den Wrackteilen seine Kreise zog.

Ein anderer Überlebender hatte jedoch sowohl das Tagebuch als auch das Logbuch des Kapitäns retten können. Beides hatte er bald mitsamt dem Rosenkranz und dem Astrolabium des Kapitäns in einer lackierten, schwarzen Schatulle an einen portugiesischen Navigator verkauft.

Diese beiden Bücher hatten Abenteurer auf der ganzen Welt nach dem Wrack suchen lassen, in dessen Frachtraum sich neben der üblichen Ladung angeblich ein nicht zu verachtender Goldschatz befand.

Die Reichtümer im Inneren der Neruda waren beileibe nicht so prächtig gewesen, wie Minguez sie in seinem Buch beschrieben hatte. Aber es hatte sich gut verkauft und war weltweit in zwölf Übersetzungen auf den Regalen verschiedenster Möchtegern-Archäologen zu finden. Allein Wittgenstein hatte drei. Minguez hatte sein Werk mit Dramatik, Mystik und Action angefüllt. Nicht zuletzt deshalb hatte Grauert das Buch schon beim ersten Lesen für denkbar schlecht befunden.

Was ihn in dieser Nacht dennoch veranlasste, es ein weiteres Mal zur Hand zu nehmen, war die Schatulle, die inmitten seines Zimmers mehr wie billiger Nippes denn wie massives Gold anmutete. Nachdenklich betrachtete er das Kästchen und den schmutzig braunen, verkrusteten Fleck an seiner Oberseite. Dann nahm er das Buch zur Hand und begann von neuem darin zu blättern; er erinnerte sich ganz genau, dass irgendwo darin von genau einer solchen Schatulle die Rede gewesen war ...

*　　　　*　　　　*

Als Plagemann das Büro gegen elf Uhr betrat, hatte er gleich zwei schlechte Neuigkeiten. Zwei, die in dieser Nacht zu atmen aufgehört hatten. Ein türkischer Gemüsehändler aus dem Prenzlauer Berg und – was tragisch war – ein sechsjähriges Kind aus Pankow. Der Mann hatte in den frühen Morgenstunden zum Großmarkt aufbrechen wollen und war dann gegen sieben Uhr tot vor seinem Laden gefunden worden, und das Kind hatte im Keller seines Elternhauses gespielt. Beide zeigten die typischen Grunewald-Symptome, waren den gleichen Umständen zum Opfer gefallen wie Varowsky, die Sicherheitsleute und viele andere Tote der vergangenen Tage.

Plagemanns Stimmung war entsprechend miserabel, als er das Büro an diesem Morgen mit eben diesen Neuigkeiten betrat. Mathesdorf scherte das kaum.

Er hatte ganz andere Neuigkeiten, in deren Schatten die Plagemanns völlig nichtig wurden. Deshalb hatte er zur Begrüßung Plagemanns Schnapsgläser hervorgeholt und sein breitestes Lächeln aufgesetzt. Er ließ den Kollegen nicht einmal zu Wort kommen. Er zog ihn ins Büro, schloss die Tür hinter ihm und hielt ihm das volle Schnapsglas vors Gesicht.

„Vergiss es, egal wie viele es sind."

„Aber ..."

„Das ist nicht mehr unser Problem."

Mit diesen Worten drückte er Plagemann das Fax in die Hand, das dieser hastig überflog.

Aufgrund der neuesten Entwicklungen im Fall der Toten auf dem Anwesen Floyd Wittgensteins ist nach Meinung der zuständigen Stellen weder von einem Einzeltäter noch von einer Tätergruppe auszugehen, die die verschiedenen Todesfälle verschuldet haben könnten.

Eine Kommission von Sachverständigen ist inzwischen zu dem Schluss gekommen, dass die Ursache für die oben geschilderten und alle daraus folgenden, den Grunewald-Symptomen entsprechenden Todesfälle nicht in einem Serienverbrechen, sondern vielmehr in den gesundheitlichen Folgen einer nicht näher bekannten Epidemie zu suchen sind.

Deshalb ist die Berliner Mordkommission augenblicklich von dem Fall abzuziehen, dessen Handhabung mit sofortiger Wirkung und allen Kompetenzen dem Seuchensonderdezernat unter Leitung Elmar von Trondts übertragen wird.

M. von Klausnitz
Leiter Untersuchungskommission Grunewald
Staatsanwaltschaft Berlin
23.5.2001

Plagemann pfiff durch die Zähne. Lässig warf er den Schnellhefter mit den Einzelheiten der beiden morgendlichen Todesfälle auf den Schreibtisch, griff nach dem Schnapsglas, das Mathesdorf ihm entgegenstreckte und leerte es in einem Zug. Dann hielt er es seinem Kollegen entgegen und zwinkerte aufmunternd. Sie waren raus aus der Geschichte, und das sollte wohl zwei Schluck im Dienst wert sein. Mathesdorf grinste.

„Weißt du, was das Beste ist? Ich hatte keine Klamotten mehr zum Wechseln."

Er nahm seine Sporttasche vom Schreibtisch und ergriff Plagemanns Arm.

„Lass uns erst mal rübergehen und bei Armand einen Kaffee auf unsere neue Freiheit nehmen."

So ausgelassen hatten die Kollegen die beiden Männer lange nicht gesehen. Lachend stolzierten sie durchs Revier.

Um von Trondt tat es Mathesdorf leid. Aber zumindest würde es nicht sein Kopf sein, der rollte ...

Er selbst war mitsamt seiner Abteilung aus der Schusslinie, weder die Presse noch irgendjemand sonst würde ihm etwas nachsagen können. Es war eine Krankheit, irgendein vermaledeites Virus, eine gottverdammte Seuche. Nichts, das einer von ihnen zu verantworten gehabt hätte. Höchstwahrscheinlich würde er von Trondt das nächste Mal auf dem Titelblatt einer x-beliebigen Zeitung sehen, mit einer seine Karriere endgültig beendenden Schlagzeile. Oder wenn er seinen vorzeitigen Ruhestand einreichte. Es würde kein schönes Wiedersehen werden. Dies war ein undankbarer Fall.

Keiner wusste das besser als Mathesdorf, und von Trondt tat ihm irgendwie leid. Aber daran konnte er nichts ändern. Achselzuckend öffnete Mathesdorf die Tür nach draußen und verließ an der Seite seines Assistenten das Revier.

Keine Minute später betrat er es in Begleitung von über dreißig Männern mit Schutzanzügen wieder. Drei weiße Busse des Seuchendezernates blockierten den Bürgersteig vor dem Revier. Innerhalb von Minuten hatte das wissenschaftliche Personal alle nötigen Sicherheitsvorrichtungen und Geräte ausgeladen und ins Revier geschafft, das unterdessen weiträumig abgeriegelt wurde. Im Inneren versuchten derweil psychologisch geschulte Mitglieder des Seuchendezernates, die Anwesenden zu beruhigen. Als einige Minuten darauf Elmar von Trondt sie über die Bedingungen der vorläufigen Quarantäne in Kenntnis setzte, war über dieses Wiedersehen niemand weniger erfreut als Jochen Mathesdorf.

*   *   *

Die Klimaanlage arbeitete auf Hochtouren. Dennoch lag drückende Hitze über der Ankunftshalle des Flughafens Tempelhof. Die Sonne knallte für die Jahreszeit außerordentlich heftig auf das Glasdach, über das alle Viertelstunde ein neues Flugzeug hinwegrauschte.

Die Menschen in der Halle versuchten, der Hitze zu entgehen und drückten sich in die Schatten der Wände. Der Flug aus Mosambik erreichte den Flughafen gegen halb eins mittags mit zwei Stunden Verspätung.

Allmählich leerten sich die Gänge, die Passagiere strömten in die Halle, und nach und nach verließ ein Grüppchen nach dem anderen das Flughafengebäude. Unter den Ankommenden fiel vor allem ein farbiges Paar auf. Der Mann hatte die gedrungene Gestalt eines untersetzten Bodybuilders, während sie eine ganz außergewöhnliche Erscheinung war, die am ehesten etwas von Naomi Campbell hatte. Schweigend durchschritten die beiden die Korridore und wirkten dabei selbst inmitten der Menschenmenge seltsam isoliert. Sie blickten ernst, sprachen kein Wort, lächelten nicht.

Auch unter den Wartenden taten sich zwei Farbige besonders hervor: ein alter und ein junger, die im Schatten der Anzeigetafel warteten. Der Jüngere rauchte seit Stunden eine Zigarette nach der anderen. Sportsman, eine afrikanische Marke. Inzwischen spielte er nervös mit der leeren Schachtel.

Der Alte lehnte auf einen Stock gestützt an der Wand. Sein Gesicht zeigte keine Regung. Ein Ozean aus Falten, über dem eine ruhige Brise wehte ...

Sein Blick ruhte auf dem Gate für die Ankunft. Dann erschien zwischen all den Menschen das Pärchen.

Der Jüngere gab ein Zeichen, der Alte richtete sich auf, und sie traten auf die beiden zu. Noch immer lächelte keiner von ihnen. Es war ein seltsames Zusammentreffen. Vielleicht auch ein Wiedersehen. Diese Menschen hatten erkennbar wichtige Angelegenheiten oder Geschäfte miteinander zu erledigen. Ihre Begrüßung fiel kurz aus. Wenn sie herzlich war, war davon nichts zu sehen. Kurze Umarmungen. Keine Nähe. Sie schwiegen. Die Blicke aber sprachen. Sie würden reden, wenn sie den Flughafen verlassen hatten, sobald sie irgendwo allein waren.

Das Dringlichste war erledigt. Das Wichtigste getan.

Sie nahmen den Bus in die Stadt. Von dort die U-Bahn. Zu sprechen begannen die vier erst in dem Zimmerchen in Neukölln. Auch dieses Gespräch war lauter als die meisten, die in dieser Wohnung bis zu diesem Tag geführt worden waren, und während die drei Männer sich in jener Sprache stritten, die beinahe niemand in dieser Stadt verstand, saß die Frau an dem schmutzigen Fenster und schaute schweigend auf die Straße hinab.

* * *

Zum selben Zeitpunkt drohte dem ärztlichen Bereitschaftsdienst auf dem Flughafen Tempelhof bereits vollkommene Überlastung. Mehr als vierzig Personen klagten über plötzliche Erstickungsanfälle, die bemerkenswerterweise ausnahmslos zwischen zwölf Uhr fünfundzwanzig und zwölf Uhr fünfunddreißig kurzfristig aufgetreten und ebenso plötzlich wieder vorübergegangen waren.

Gemäß einer neuen Order hatte der Arzt vom Dienst ein Spezialteam angefordert. Diese Weisung stammte aus den frühen Morgenstunden, sie hatte mit dem Grunewald-Symptom zu tun, kam vom Leiter des Seuchendezernates persönlich und hatte oberste Priorität. Vorübergehend wurden alle Betroffenen unter Quarantäne gestellt.

Kapitel 5

Quarantäne und Holzgebisse

Selbst Wittgenstein stand unter Quarantäne. Seit zwei Tagen durfte er sein Haus nicht verlassen.

Draußen rauchten die Mitglieder des Seuchendezernats ihre Zigaretten, die Schutzmasken achtlos am Handgelenk, die weißen Kapuzen der Schutzanzüge flatterten im Wind. Wittgenstein konnte sie von seinem Arbeitszimmer im ersten Stock aus sehen, wie sie in ihrer kleinen Freiheit schwelgten, während er sich in den eigenen vier Wänden wie ein Gefangener behandeln lassen musste.

Sie hatten sein gesamtes Haus mit Stellwänden präpariert und den größten Teil der Inneneinrichtung mit Plastikplanen abgedeckt oder in Kartons verpackt. Die Titelblattgalerie lag unter Plastik, und sogar die Masken waren von den Wänden verschwunden.

Zu allem Unglück hatten sie auch noch seine Notreserve Koks gefunden. Wenn das Seuchentheater vorbei war, drohte ihm also noch genug Ärger wegen Drogenbesitzes. Die zuständigen Beamten zu bestechen konnte er sich jedenfalls nicht mehr leisten ...

Wittgenstein brummte der Schädel. Dieses Haus war seit ungefähr einem Tag nicht mehr seines. Das wäre weit weniger schrecklich gewesen, wenn sie ihn wenigstens seine eigenen Sachen hätten tragen lassen. Aber dieser Kittel war einfach unmöglich.

Dieser Einbruch und all die Toten waren schon schlimm genug gewesen, die Untersuchungen der letzten Tage aber hatten Wittgenstein noch weniger gutgetan. Seine Hände zitterten, und kalter Schweiß stand ihm auf der Stirn. Er hoffte inständig, dass Grauert, die Polizei oder irgendwer sonst diesem Spuk endlich ein Ende bereitete. Das alles war einfach zuviel für ihn.

* * *

Schließlich fand Grauert auch die Erwähnung der Schatulle in Minguez' Buch:

19. Juli 1498

Gehen bei Malindi vor Anker. Werden innerhalb der nächsten Tage Landurlaub machen und Vorräte aufnehmen. Ich werde den großen Fehler mit Sicherheit nicht noch einmal begehen.

Mein Gebiss sitzt schlecht. Die Schnitzkunst jedenfalls haben die Spanier gewiss nicht erfunden.

Sind an der Küste auf den Stamm der Wasanias gestoßen. Obwohl da Gama seinerzeit mit den Girianas Handel trieb, werden wir nun mit diesen Vorlieb nehmen. Den Aussagen

Ubus zufolge, des einzigen Afrikaners in unserer Mannschaft, haben die Wasanias im Gegensatz zu den meisten anderen Stämmen dieser Gegend eine große Kenntnis von Heil- und Pflanzenkunde. Er sagt, es wäre ein Glück für uns, dass sie gerade in der Gegend wären, da sie eigentlich ein umherziehender Nomadenstamm seien.

Ubu hat uns inzwischen mehr erzählt. Sie jagen eine Beute, die sie in jeder Hinsicht zu verwerten verstehen: Elefanten.

Aus ihren Häuten fertigen die Wasanias ihre Hütten und aus ihren Gebeinen alles Werkzeug, dessen sie bedürfen. Im Laufe von Generationen haben sie die Jagd auf eine Art perfektioniert, die den meisten Stämmen dieser Gegend unheimlich ist. Es gibt sogar einige Regionen, die kein Stamm außer ihnen zu bejagen wagt.

Von den meisten anderen Stämmen in der Gegend werden sie Ubu zufolge sogar gefürchtet und abschätzig Waliungulu, Elefantenmenschen, genannt.

20. Juli 1498

Haben freundliche Aufnahme gefunden. Aber es ist mehr Geschäftssinn als Gastfreundschaft. Angeblich treibt der Stamm in seinen vereinzelten Niederlassungen zwischen Malindi und Mombasa sogar mit den Arabern Handel. Der größte Schatz, den sie besitzen, scheint ihr Elfenbein zu sein, doch mit den Kisten voll Tand und Plunder werden wir wohl nur wenig Erfolg haben …

Die Willkommenszeremonie war eine Qual. Elefantenfleisch ist geschmacklich durchaus ansprechend, aber ich verfluche den Tag, da der Skorbut mir die Zähne aus dem Maul gerissen hat

... dieses hölzerne Gebiss bringt mich um. Das ganze Maul hat es mir wundgescheuert.

Diese Wilden, wenn auch augenscheinlich überaus bewandert in den Belangen des Handels, haben seltsame Bräuche: So pflegen sie beispielsweise zumeist nicht nur zu dem Abbild ihres Götzen, sondern auch zueinander eine sonderbare Art von Abstand zu halten und die Verletzung desselben mit demutsvollen Gesten zu überspielen. Auch uns behandeln sie mit diesem distanzierten Respekt.

21. Juli 1498

Es ist seltsam. Ich habe den Stamm beobachtet.

Obwohl sie doch nicht sesshaft sind, schleppen sie ein seltsames Relikt, einen riesigen, klobigen Stein, mit sich herum, gut fünf Fuß hoch, mit einem Umfang von vielleicht sieben Fuß und dabei von unregelmäßiger Form. Er scheint eine Art Heiligtum des Stammes, Abbild oder Sitz irgendeines Götzen zu sein. Die Art des Steines ist dabei jedoch seltsam, von spröder Art und grüner Färbung, und er mutet auf den ersten Blick wie eine Art Sandstein an, ist aber ungleich härter. Ich habe derlei noch nie gesehen.

Dort, zu Füßen jener steinernen Gottheit, ist noch etwas Anderes: eine Schatulle, aus massivem Gold gefertigt. Die Wilden müssen sie von den Arabern erhalten haben, die den Goldhandel dieser Region beherrschen.

Dieses seltsame Kästchen ist außerdem über und über mit Edelsteinen besetzt und weist sowohl Merkmale eines erstklassigen Gusses als auch des klassischen afrikanischen Hämmerns auf, es ist ein tollkühnes Vermischen verschiedener Methoden der Goldbearbeitung, eine Ahnung des sagenhaften alttesta-

mentarischen Ophirs, jenes legendären Goldlandes, dem die Flotten Salomos den Legenden zufolge dereinst unglaubliche Schätze entrissen haben ...

22. Juli 1498

Seltsame Ereignisse. Während unser Steuermann das Auffüllen der Vorräte überwachte, wurde ich Zeuge eines seltsamen Vorfalles: Einige Girianas hatten sich, wie man mir später erzählte, in das Dorf geschlichen und Trophäen gestohlen. Ich ging zu diesem Zeitpunkt in der Gegend um das Lager, in der dürftigen Vegetation der afrikanischen Ostküste, spazieren. Dann hörte ich die Trommeln, und plötzlich waren die Jäger der Wasanias überall, stürmten mit emporgereckten Speeren durchs Unterholz.

Da entdeckte ich die Girianas. Fünf waren es, die, einige Stoßzähne unter den Armen, in einer Höhle verschwanden, deren Eingang mir inmitten einer Felsformation entgegengähnte. Wahrscheinlich hatten die Jäger der Wasanias sie auf ihrer Flucht gestört, und sie wollten sich nun verstecken.

Ich aber war nicht der einzige, der sie entdeckt hatte: Einer der Jäger hatte sie ebenfalls gesehen. Er verständigte seine Gefährten, und allmählich sammelten alle Jäger des Stammes sich vor der Höhle. Unter ihnen war auch der Medizinmann, der sich schweigend vor dem Höhleneingang niederließ, während die Jäger davor zu lärmen begannen, damit die Girianas nicht auf den Gedanken kamen, unbeobachtet entfliehen zu können.

Es war kaum zwei Glasen später, als der Medizinmann sich wieder erhob und ins Dorf zurückkehrte, während die Jäger die Höhle mit einigen Fackeln betraten und kurz darauf mit dem Elfenbein wieder herauskamen.

Wenig später war auch ich in jener Höhle, und keine Gastfreundschaft der Welt könnte mich vergessen lassen, was ich im Schein meiner Lampe, inmitten der unruhigen Schatten sah: Die Girianas waren tot. Aber sie waren nicht hingemetzelt von den Jägern der Wasanias, wie ich es von diesen Wilden eigentlich erwartet hätte. Nein, sie waren ausnahmslos erstickt ...

Dieses Erlebnis war es schließlich auch, das mich veranlasste, die Anker zu lichten und mit meinen Männern das Festland zu verlassen. Zuvor aber gelang es mir mit Hilfe einiger Männer, jenes überaus wertvolle Kleinod, die goldene Schatulle, in meinen Besitz zu bringen. Gott ist mein Zeuge, wir wollten den Alten nicht umbringen.

23. Juli 1498

Wir sind noch im Zeitplan, und wenn die Königin zufrieden ist, dann ist mir ihr Empfehlungsschreiben für die Flotte Cabrals gewiss. Davon abgesehen rechne ich damit, dass auch die Veräußerung der goldenen Schatulle mir und den beiden anderen einiges ermöglichen wird. Unter meinen Männern befindet sich ein gewisser Rabano, ein einstiger Goldschmied aus Florenz, der allein schon die Kiste auf gut und gern 10.000 Pistolen schätzt, ganz zu schweigen von den Steinen, die mit Sicherheit noch einmal das Doppelte wert sein mögen. Es sind fünf große Rubine und außerdem zwei mir unbekannte Edelsteine, von denen einer dem Götzenstein der Wasanias ähnelt. Sollten die Königin oder das Schicksal es schlecht mit mir meinen, könnte jedenfalls der Verkauf der Schatulle bereits ausreichen, mir einen Anteil an einem von Cabrals Schiffen zu kaufen ...

24. Juli 1498

Verdammt. Einer der Männer hat das Versteck gefunden. Die Schatulle selbst scheint ihm zu sperrig gewesen zu sein. Stattdessen hat er die ungleich besser zu verbergenden Steine herausgebrochen. Vermutlich ruhen sie jetzt im Bauch irgendeines Matrosen, der sie bis zu unserer Wiederkehr noch zwei Dutzend Male ausscheißen und wieder auffressen wird, damit niemand sie entdeckt, und das wird genau so funktionieren, wie es schon hundertmal zuvor funktioniert hat.

Ein schlimmer Verlust. Wir werden schneller segeln müssen, um zumindest das Wohlwollen Isabellas zu gewinnen.

Postskriptum:

Malindi liegt weit hinter uns. Aber der Fluch der Wasanias scheint uns zu folgen. Es ist Mitternacht, und seit Einbruch der Dunkelheit haben wir drei Männer verloren. Allesamt unter Bord erstickt.

Gott allein weiß, was hier vorgeht.

25. Juli 1498

Die Verluste sind auf zehn Mann gestiegen. Aberglaube beherrscht das Schiff. Fünf Mann sind mit einem der Beiboote geflohen, zwei andere haben sich gegenseitig umgebracht. Das Übel ist unter uns, mein Gebiss beginnt, modrig zu schmecken, und die Zukunft ist ungewiss. Ich hoffe, überhaupt noch die Gelegenheit zu bekommen, Cabral dienen zu können.

26. Juli 1498

Das Schiff ist nahezu manövrierunfähig. Inzwischen sind ganze siebzehn Mann an dem Fluch gestorben und neun geflohen.

In der Koje eines der Toten habe ich die Steine gefunden. Ich habe sie wieder in die Schatulle eingesetzt, die Götter der Wasanias um Vergebung gebeten und hoffe, dass es ausreicht.

Inzwischen ist es Abend, die Schatten umschleichen mich, umzüngeln mich mit der eisigen Zärtlichkeit der Nacht. Der Zorn der Götter erwartet mich.

In der gleichen Nacht war die Neruda gesunken. Grauert erinnerte sich daran, wie sie del Flores damals in seiner Kajüte gefunden hatten: Er musste sich in jener Nacht das Leben genommen haben, und vor Grauerts geistigem Auge schwankte inmitten des Wassers das Skelett an dem ausgefaserten Strick von einem der vermoderten, mit Algen und Muscheln besetzten Querbalken herab. In seiner Vorstellung löste sich das schlecht sitzende hölzerne Gebiss, trieb aus einem Fenster am Schiffsende der Oberfläche entgegen, um als letztes Zeugnis ihrer ruhmsüchtigen Fahrt auf alle Ewigkeit in gottverlassenen Gewässern dahinzudümpeln.

Grauert schloss das Buch, zog die Schatulle näher heran und musterte sie. Sie musste der Schlüssel zu der ganzen Geschichte sein. Sie war es vor fünfhundert Jahren gewesen und war es jetzt.

Aber die Antworten, die er suchte, würden in keinem Buch der Welt zu finden sein. Sie mussten anderswo liegen, im schwarzen Schoß der großen Mutter Afrika.

Er begann, die Unterlagen durchzusehen, die Wittgenstein ihm gegeben hatte. Er wusste, wonach er suchte, und schließlich zog er einen Zettel mit einer Adresse aus dem Stapel.

Der Kopf schwirrte ihm von all den Aufzeichnungen, und die Luft im Zimmer schmeckte verbraucht. Er musste weg vom Schreibtisch.

Er drehte und wendete den Zettel in den Händen, las immer wieder die Adresse und versuchte, sich vorzustellen, wie die beiden seltsamen Schwarzen wohl leben mochten. Er würde es bald wissen.

* * *

Mathesdorf und Plagemann saßen in dem, was von ihrem Büro noch übrig war. Überall standen Messinstrumente, der Seuchentrupp hatte die Räume von innen mit Trennwänden verkleidet und alle Anwesenden in sterile Kittel gesteckt.

Dann betrat von Trondt das Büro.

Mathesdorf eilte ihm entgegen: „Wann kommen wir hier wieder raus?"

„Es sieht ganz gut aus."

„Was soll das heißen? Kannst du dir vorstellen, was es bedeutet, den ganzen Tag so herumlaufen zu müssen?"

„Das soll heißen, mit etwas Glück ist das Ganze bald vorbei."

„Mit etwas Glück?"

„Wir haben jetzt seit vierundzwanzig Stunden keinen Todesfall mit Grunewald-Symptom mehr gehabt. Die Tatsache, dass wir bei fünf pro Tag waren, deutet darauf hin, dass der ganze Spuk möglicherweise bald vorbei ist."

In Mathesdorfs Ohren klang das, als sei tatsächlich so etwas wie ein Ende dieser ganzen Geschichte abzusehen. Damit waren aber noch nicht alle seine Fragen beantwortet.

„Was ist es?“

„Keine Ahnung.“

„Für diese dürre Erkenntnis müsst ihr dieses Revier für einen ganzen Tag in eine Leprastation verwandeln?“

„Jochen, ich ...“

„Ach, spar dir das.“

Mathesdorf ließ von Trondt stehen und ging zur Tür. Fluchend zog er die Plastikplane zur Seite und verließ den Raum. Mit etwas Glück würde er irgendwo in diesem Siechenhaus einen Kaffee bekommen.

Kapitel 6

Andere Tote

Wittgenstein hatte genug. Selbst den Inhalt seiner Hausbar hatten sie konfisziert, und im Hinblick auf das in seinem Haus gefundene Kokain hatte sein Anwalt ihm wenig Hoffnung machen können. Der Ärger war kaum noch abzuwenden.

Im weißen Kittel stand er am Fenster im ersten Stock, die Arme trotzig vor der Brust verschränkt, und starrte in den Sonnenuntergang hinaus. Dies war einer der Momente, in denen er für gewöhnlich eine seiner Partys geschmissen hatte. Aber das war derzeit wohl keine Option.

Eine halbe Stunde zuvor hatte er Grauert angerufen, ihm mitgeteilt, dass ihm alles furchtbar leid tue und er die Schatulle behalten dürfe, was immer er über den Fall herausfand. Aber Grauert war offensichtlich nicht daheim gewesen.

Wittgenstein hatte nur auf den Anrufbeantworter sprechen können.

Jemand rüttelte an der Tür. Seltsam. Hinter sich abzuschließen schien das letzte bisschen Freiheit, das ihm geblieben war ...

„Herr Wittgenstein?"

„Augenblick."

Es war vorbei. Was immer er auch tat, der Drogenskandal würde auch noch den Rest seines Rufes ruinieren, und bei fünfzig Gramm Kokain würden es kaum die Bilder des exzentrischen Abenteurers sein, das den Leuten im Gedächtnis blieb ...

Seine bevorstehende gesellschaftliche Demontierung wäre für ihn weit weniger schlimm gewesen, wenn sein Status inmitten der Hautevolee inzwischen nicht das Einzige gewesen wäre, das er noch hatte. Sein Kontostand war miserabel, und zum gegenwärtigen Zeitpunkt und bei all der Aufmerksamkeit, die auf ihm ruhte, konnte er die Schatulle nicht versetzen. Mehr als einen Aufschub hätte es ihm ohnehin nicht gewährt.

„Herr Wittgenstein, eines der Geräte ist offensichtlich ausgefallen, und ..."

„Einen Augenblick noch!"

Er wusste, was mit dem betreffenden Gerät los war. Aus dem guten Dutzend Kabel, das sich unter der Tür hindurch ins Zimmer und zu den verschiedenen Geräten schlängelte, ragte ein Stück hervor, das offensichtlich jemand abgeschnitten hatte.

Einen Moment lang betrachtete er die schimmernden Litzen, die roten und blauen Isolationen, und dann lächelte er ein böses Lächeln. Sie hatten ihm sein Haus genommen, sein Leben, ihn zum Versuchstier gemacht. Doch nun setzte er sich zur Wehr. Er schaute zu einem der Dachbalken empor, von dem der Rest des Kabels als gähnende Schlinge herabbaumelte.

Er würde ihnen die Suppe jedenfalls gehörig versalzen. Es war eine bizarre Ironie, dass auch seine Erfolgsgeschichte in einem Raum mit einem Erhängten begonnen hatte ...

* * *

Sie standen auf der Terrasse. Zwei Mitarbeiter des wissenschaftlichen Stabes, denen es im Haus zu eng geworden war. Die beiden waren sich einig, dass der Pool definitiv großartig war. Ein solches Haus, einen solchen Garten zu besitzen, da waren sie sich einig, wäre die Krönung. In ihren Augen gehörte Wittgenstein zu der beneidenswerten Gruppe von Menschen, die nie wieder einen Finger krummmachen brauchten, während sie selbst sich mit Wechselschichten und mittleren Katastrophen herumschlagen mussten.

Das Grundstück war abgesperrt. Innerhalb der normalen Umzäunung hatte das Seuchenkommando eine Stacheldrahtbarriere gezogen, innerhalb derer alle zwanzig Meter ein Schild stand, das das Gelände als kontaminiert auswies.

Die beiden Männer auf der Terrasse ahnten nichts von der Stelle, an der in eben diesem Moment ein Seitenschneider den Stacheldraht durchtrennte. Mit so etwas hätte auch niemand gerechnet, die bewaffnete Patrouille war bereits am Morgen vorher abgezogen worden, und niemand hätte für möglich gehalten, dass irgendjemand sich widerrechtlich Zutritt zu einem Seuchenareal verschaffen wollte. Während die beiden sich weiter darüber unterhielten, was sie mit dem Geld machen könnten, das sie niemals besitzen würden, bewegte sich ein dunkler Schatten mit großen Schritten auf das Haus zu.

* * *

Zwischen verschiedenen Gerätschaften hindurch schob sich ein Kopf durch die Tür von Mathesdorfs Büro: Elmar von Trondt.

„Jochen?"

„Was ist?" Mathesdorf gab sich keine Mühe, seinen Unmut zu verbergen.

Von Trondt drängte sich ins Büro. Sein weißer Schutzanzug raschelte über die ausgelegte Plastikplane.

„Wir müssen uns unterhalten."

„Worüber? Willst du mir sagen, dass ich auch noch den Rest des Monats in diesem albernen Kostüm verbringen muss?"

Die Hände im Nacken verschränkt saß er auf seinem plastiküberzogenen Schreibtischstuhl, die Füße auf dem Schreibtisch.

Der Pathologe beugte sich zu ihm hinunter und hob mit eindringlicher Stimme an: „Jochen, ich bin von der ganzen Sache genauso betroffen wie du, ich war schließlich auch in dem Haus, als ..."

„Aber im Gegensatz zu mir, mein Freund, leitest du diese Veranstaltung." Mathesdorf blitzte ihm wütend entgegen.

„Die Quarantäne war eine unerlässliche Vorsichtsmaßnahme. Abgesehen davon schulde ich dir keine Rechenschaft." Er wartete einen Augenblick und fixierte sein Gegenüber mit einem ebenso ungnädigen Blick, ehe er fortfuhr: „Außerdem ist die Quarantäne vorüber. Wir können heimgehen."

„Ach?" Mathesdorf zuckte mit den Brauen.

„Unseren Ergebnissen zufolge beträgt die Inkubationszeit definitiv weniger als vierundzwanzig Stunden. Die Quarantäne wurde vor mehr als achtundvierzig verhängt, ohne dass eine der betroffenen Personen Symptome gezeigt hätte."

„So, so ..." Mathesdorf lehnte sich zurück und blickte teilnahmslos aus dem Fenster.

„Darüber hinaus hat der Laborbericht abgesehen von der Todesursache keinerlei physische Anomalien an den Leichen feststellen können."

Jetzt drehte Mathesdorf sich wieder zu ihm hin, sah ihn an und verengte seine Augen.

„Kannst du dir vorstellen, wie egal mir das ist?"

„Außerdem haben wir seit den Geschehnissen am Flughafen, das heißt seit über vierundzwanzig Stunden keinen weiteren Todesfall zu verzeichnen. Der gegenwärtige Zustand unserer Nachforschungen legt nahe, dass es sich mit an Sicherheit grenzender Wahrscheinlichkeit nicht um eine Seuche handelt."

„Ach, und für diese Erkenntnis durfte ich euch zwei Tage lang die Laborratte spielen?" Sein Ton wurde schärfer.

„Ich bitte dich, Jochen, du kennst die Vorschriften." Doch der Versuch von Trondts, seinen Kollegen zu beruhigen, war nicht von Erfolg gekrönt.

„Fick dich!", war Mathesdorfs Antwort, und gesenkten Hauptes verließ von Trondt das Büro.

Draußen hatte das Seuchenkommando mit dem Abbau der Apparaturen und Sichtblenden begonnen.

„Sorg bloß dafür, dass ich meine Klamotten wiederbekomme!“, brüllte Mathesdorf von Trondt nach, bevor dieser im Flur verschwand.

Kurz darauf erschien mit wehendem Kittel und einer roten Akte unterm Arm Plagemann in der Tür seines Büros. Mathesdorf sah ihn entnervt an.

„Ich schlage vor, wir ziehen uns um und verschwinden dann von hier.“

„Du solltet dir vorher vielleicht noch das hier anschauen ...“

Er öffnete den Aktendeckel, doch Mathesdorf winkte ab.

„Nicht, bevor ich nicht etwas Vernünftiges anhabe und eine Nacht wie ein freier Mann geschlafen habe!“

„Ich denke doch ...“

Mit diesen Worten zeigte er Mathesdorf zwei an einen Obduktionsbericht geheftete Bilder, und plötzlich keimte im Leiter der Mordkommission wieder das unbestimmte Bedürfnis, sich um einer Auszeit willen einfach in den Fuß zu schießen. Der tote Farbige auf dem Foto war ihm nur zu bekannt. Sein Gesicht war ihm seit zwei Tagen nicht aus dem Kopf gegangen ...

* * *

Gegen zwanzig Uhr beschlossen die beiden Wissenschaftler auf Wittgensteins Terrasse, sich noch etwas die Beine zu vertreten, bevor sie wieder hineingingen. Inzwischen waren sie sich einig, dass sie, wenn sie es einmal so weit brachten, ihr Kokain mit Sicherheit besser verstecken würden.

Die beiden hatten das Haus noch nicht ganz umrundet, als sie plötzlich eine an der Außenwand des Hauses kauernde Gestalt bemerkten. Während einer der beiden sofort zum Funkgerät griff, hielt sein Kollege es offenbar für ratsam, den Unbekannten anzusprechen.

„He, Sie! Das hier ist Sperrgebiet. Können Sie mir erklären, was Sie da ...?"

Kaum angesprochen sprang die Gestalt auf, stürmte auf die beiden zu, stieß sie zur Seite und eilte auf eine schmale, kaum sichtbare Lücke innerhalb des Stacheldrahtzaunes zu. Keine Minute später war ein halbes Dutzend Männer mit Taschenlampen zur Stelle, die – um den Hausbesitzer nicht zu beunruhigen – so leise wie möglich begannen, das Grundstück nach dem Unbekannten abzusuchen.

Zu diesem Zeitpunkt jedoch war Floyd Wittgenstein bereits tot.

Kapitel 7

Hintergründe verschiedener Art

Während der Fahrt überlegte Grauert, die Schatulle im Rucksack, was er den beiden erzählen würde. Es war kurz nach zehn – früh am Morgen, zumindest für ihn, und er hatte fast nicht geschlafen.

Missmutig blätterte er in einer liegengebliebenen Tageszeitung. Es schien keine neuen Todesfälle mehr gegeben zu haben, oder aber die Presse hatte irgendwelche Auflagen bekommen, um eine Panik zu vermeiden ...

Außerdem fragte Grauert sich ernsthaft, worüber er mit den beiden Männern reden wollte. Ein uralter Wasania, der kein Wort Deutsch sprach und ein ungleich jüngerer, der nach Wittgensteins Verhalten womöglich nicht einmal mehr mit ihm sprechen würde.

Eilig flatterte die U-Bahn durch den Tunnel. Grauert drückte den Rucksack fester an sich. Aller Wahrscheinlichkeit nach würde das goldene Prachtstück für sich sprechen. Das zumindest hoffte er.

Die Adresse lag im Süden Neuköllns. Keine Gegend, die er zu seinem Vergnügen besucht hätte, und auch das dazugehörige Haus mutete alles andere als vertrauenerweckend an. Kaum die Hälfte der Klingelschilder war beschriftet, und doch stand im Hauseingang und im Flur rauchend ein gutes Dutzend Männer zusammen. Sie standen zu zweit oder zu dritt und unterhielten sich in gewiss ebenso vielen Sprachen, wie es Grüppchen waren, und während Grauert schließlich die Treppe emporstieg, wurde ihm klar, dass er nicht einmal wusste, wie er die Leute, die er suchte, hier überhaupt finden sollte. In diesem Haus würde es mit Sicherheit mehr als zwei illegale afrikanische Einwanderer geben.

Die Leute drückten sich auf den Fluren herum, Grauert konnte sogar einen Blick ins Innere einiger Wohnungen werfen. Die Assoziation mit Legebatterien lag nahe. Wer solche Löcher vermietete, war mit Sicherheit ebenso gewissenlos wie wohlhabend. Wahrscheinlich ein Betriebswirtschaftsstudium, dann ein paar Jahre in freier Wildbahn, abseits von Comics und Pornographie ...

An Altkleidersäcken und spielenden Kindern vorüber ging er weiter durch die Flure. Den Namen Guyu, der auf Wittgensteins Zettel stand, hatte er unten an der Klingel nicht finden können, und so ging er nun die Türen eine nach der anderen ab und hoffte, entweder den Namen zu entdecken oder in diesen Fluren früher oder später einem alten und einem jungen Afrikaner zu begegnen.

Grauert hatte gerade mit dem Abschreiten des zweiten Stockwerkes begonnen, als er, kaum dass er einen hüfthohen Stapel fabrikneuer, noch eingeschweißter Videorecorder passiert hatte, fündig wurde. Es war ein kleiner, irgendwo herausgerissener Zettel, der mit Klebeband in Augenhöhe an der Tür befestigt war. Die Schrift darauf war klein, beinahe winzig, doch die Lettern sauber, beinahe akribisch exakt, zu Papier gebracht worden: „M'zee Guyu/ Charo Guyu Herguda".

Es gab keine Klingel, weshalb Grauert zu klopfen beschloss. Zu seinem Erstaunen schien die Tür nicht einmal verschlossen. Genau genommen schien sie nicht einmal ein Schloss zu haben, weshalb sie schon unter dem ersten Anschlag seines Knöchels aufschwang ... und da erblickte er sie.

Schwarz war sie wie das Ende der Hoffnung, wie die Kohlen des Hephaistos'. Gesalbter Onyx. Dort vor ihm, am Boden hockte sie auf einer fleckigen Matratze, ihr schwarzes Haar verbarg den größten Teil ihres Gesichtes, nichts als ein hellblaues Handtuch um den Körper. Neben ihr, kaum eine Armeslänge entfernt, lag ... da riss ihn ein unerwarteter Faustschlag von den Füßen und beendete seine Betrachtung. Grauert fiel hintenüber, schlug mit dem Kopf an die gegenüberliegende Tür, und während er das Bewusstsein verlor, spürte er gerade noch, wie zwei kräftige Hände ihn bei den Füßen packten und in das Innere des Zimmers zerrten.

* * *

In der Pathologie traf Mathesdorf auf von Trondt. Es war ein ungleich besseres Gefühl, ihm normal bekleidet gegenüberzustehen.

Um diese Zeit war niemand mehr hier unten. Mathesdorf hatte nach Dienstschluss noch etwas getrunken und war dann heruntergekommen, um mit von Trondt noch das eine oder andere inoffizielle Wort zu wechseln. Auf dem Weg hatte er an einer Tankstelle einen Sechserträger besorgt, um die zwischen ihnen vorherrschenden negativen Strömungen etwas einzudämmen, und da saßen sie nun inmitten der zugedeckten Leichen im weiß gekachelten Keller der Pathologie, weit nach „Annahmeschluss", und tranken ihr Bier.

Von Trondt holte zwei Zigarren aus seiner Arzttasche, zündete sich selbst eine an und reichte die andere Mathesdorf. Allmählich füllte der Raum sich mit dem aromatischen Rauch.

„Wie sieht es aus?"

„Nicht gut."

„Weswegen?"

„Wir werden dieses Problem nicht so einfach los."

„Der Schwarze?"

„Du hast den Bericht gelesen. Brutalst zusammengeschlagen, Platzwunden, Quetschungen, Knochenbrüche. Tod aufgrund einiger Schädelfrakturen. Wahrscheinlich eingetreten. Üble Sache. Wahrscheinlich Skinheads."

„Skinheads? Hier? Ich sehe schon die Schlagzeilen: Hauptstadt erstickt im rechten Sumpf! Neues Opfer rassistischer Hetzjagden. Polizei machtlos."

Im Bewusstsein, dass er besser eine Flasche Jack Daniels besorgt hätte, griff Mathesdorf nach dem nächsten Bier. Von Trondt konnte ihn jedoch beruhigen:

„Zumindest haben wir es bis jetzt vor der Presse geheimhalten können."

„Oh Mann, Skinheads." Kopfschüttelnd riss Mathesdorf die Dose auf und fragte sich ernsthaft, was mit dieser Welt nicht stimmte.

„Oder ein unausgelasteter Bodybuilder. Willst du den Toten nochmal sehen?" Mit der Bierdose wies von Trondt zu den polierten Edelstahlschüben hinüber.

„Nein danke." Mathesdorf winkte ab und beschloss, am nächsten Tag den anderen Schwarzen zur Fahndung auszuschreiben. Wenn er tatsächlich etwas zum Grunewald-Fall und seinen Folgen zu sagen hatte, konnte er es sich nicht leisten, dass ihn auch noch jemand totschlug. Er zog ein Notizbüchlein hervor und schrieb etwas hinein.

Aber von Trondt war nicht zu bremsen. Er nippte an seinem Bier und eilte zu einer der zugedeckten Bahren hinüber.

„Warte, ich hab' noch etwas ganz Besonderes für dich."

Mathesdorf blickte von seinen Notizen auf. Sein Blick war düster.

„Es gefällt mir nicht, wie du das sagst."

„Sollte es auch nicht." Mit diesen Worten begann von Trondt provozierend langsam, das Tuch von der Leiche zu ziehen. „Eigentlich hätte diese Überraschung dich morgen im Büro erwartet. Aber so kannst du dich zumindest darauf vorbereiten."

Dann sah Mathesdorf, wer der Tote war und wünschte sich einmal mehr, etwas Vernünftiges gelernt zu haben.

Wittgenstein.

Anteilnehmend blickte von Trondt auf den leblosen Körper hinab, dann nahm er einen weiteren Zug von seiner

Zigarre und hob an: „Eigentlich wollte er sich erhängen. Aber dann hat ihn vorher augenscheinlich unser Lieblingsproblem erwischt."

„Ach nein." Mathesdorf verzog das Gesicht. Er hatte ehrlich gehofft, mit dem Abzug der Seuchenkasper aus dem Präsidium hätte sich auch das Problem der geheimnisvollen Toten erledigt ...

„Wem sagst du das? Nachdem wir mehr als einen Tag keinen Toten mit den Symptomen hatten, schieben sie ausgerechnet ihn hier rein. Eigentlich Grund genug, wieder auf die Seuchentheorie zurückzukommen."

„Werdet ihr?"

„Nein. Wenn es eine Seuche ist, kriegen wir die Kontaktpersonen ohnehin nicht mehr interniert ... außerdem ist er noch immer der Einzige in den vergangenen sechsunddreißig Stunden. Darüber hinaus gibt es noch einiges andere, das vor allem in diesem Fall gegen die alte Hypothese spricht."

„Ja?"

„Einige Unstimmigkeiten. Unter anderem ist auf dem Gelände jemand beobachtet worden. Aber das wirst du alles morgen erfahren ..."

Es wurde immer klarer, das höchstens einer von ihnen mit einem blauen Auge aus dieser Geschichte hervorgehen würde. Eine entsicherte Handgranate, die der eine verzweifelt dem anderen zuwarf, um sie kurz darauf zurückzubekommen.

Zu viele Tote, zu wenig Ergebnisse. Es war kein Fall, den man mit Eifer und Mehrarbeit hätte vorantreiben können. Die Frage war einfach, wann die Handgranate explodierte.

* * *

Als Grauert erwachte, war es bereits Nachmittag. Er sah auf die Uhr und dann hinüber zum Fenster, auf dem zwischen halb zugezogenen Vorhängen helle Schlieren glänzten. Draußen trieben graue Regenwolken über einen ohnehin schon dunklen Himmel.

Er saß auf einem Klappstuhl an einem niedrigen Tisch, auf dessen zerkratzter Plastikoberfläche ihm die goldene Schatulle entgegenglänzte. Grauert gegenüber saßen zwei Personen: zum einen ein breitschultriger muskulöser Farbiger mit einem sonderbar vernarbten Gesicht. Die Narben wirkten beinahe symmetrisch, in Mustern angeordnet, die sich im spärlichen Licht der Glühbirne zu verändern und immer wieder neu zu ordnen schienen.

Zum anderen war da die Frau, die Grauert schon zuvor gesehen hatte. Sie kniete noch immer auf der Matratze, zu Füßen des Mannes, und während Grauert sich ganz allmählich an das Zwielicht gewöhnte, wurde im Raum nicht ein einziges Wort gesprochen. Die Augen aller Anwesenden ruhten auf ihm, und kaum dass er das Dunkel durchschaute, erkannte er auch, dass es mehr als vier Augen waren. Auf der gegenüberliegenden Seite des Zimmers saß an die Wand gelehnt noch eine weitere Person, und mit jedem weiteren Moment, den Grauert wacher und sein Blick klarer wurde, schienen mehr Falten das Gesicht dieser dritten Person zu durchziehen. So ging es die nächsten Minuten, Falte um Falte wuchs inmitten der vollkommenen Stille, bis das Gesicht des Mannes zu einer starren, von Rissen durchfurchten Maske geworden war, durch die inmitten des Hier und Jetzt beinahe eine andere Wirklichkeit hindurchzuschimmern schien.

Grauert war unsicher. Abgesehen von dem Alten waren dies nicht die Leute, die er erwartet hatte.

Wittgenstein zufolge war der Jüngere, der Intellektuelle mit den afrikanischen Zigaretten, der einzige gewesen, der des Deutschen mächtig gewesen war. Er war also nicht einmal sicher, ob diese Leute ihn überhaupt verstehen würden. In der Sprache jedoch, in der er begrüßt worden war, wollte er sich mit Sicherheit nicht weiter unterhalten, und so blieb es weiter still.

Sein Blick wanderte über die fremden, dunklen Gesichter, ließ sich von ihren Augen gefangennehmen. Die des Alten lagen im Schatten ihrer Höhlen, und Grauert versuchte erfolglos, eine Regung in ihnen auszumachen. Der Blick des Kräftigen hatte stattdessen etwas Dumpfes, Unnachgiebiges und mutete dabei seltsam klar an, wie der Blick eines Elefanten. Beinahe, als wisse er nicht, was vergeben oder vergessen bedeutete – und dann ihre Augen ... Grauert war nicht sicher, doch zunächst hatten sie etwas Goldenes, und im nächsten Moment war es ein tiefes, sattes Grün, und er entsann sich einer Legende, der zufolge das Gold im Auge eines Tigers jäh ins Grün umschlägt, wenn er etwas fressen will. Es lief ihm kalt über den Rücken.

Sie sah ihn an, doch es wirkte, als ginge ihr Blick durch ihn hindurch und er stünde ihren Blicken einfach bloß im Weg, aber plötzlich war sie es, die sprach: „Entschuldigen Sie. Wir ahnten nicht, dass sie so etwas wie ein Freund sein könnten." Mit diesen Worten wies sie auf die goldene Schatulle. „Doch da dies nun zweifelsfrei geklärt werden konnte ..."

Jetzt war es der Kräftige, der ihr einige schroffe, leise Worte zuraunte. Dann fuhr sie fort: „... möchte ich Sie im Namen meines Mannes Tembo um Verzeihung bitten. Es tut ihm leid, dass er sie niedergeschlagen hat."

Grauert nickte kurz. Er fühlte sich noch immer nicht wohl in seiner Haut, und etwas irritierte ihn. Aber er war nicht sicher, ob es die Tatsache war, dass oder wie sie seine Sprache sprach.

„Sie müssen uns verstehen. Wir vermissen seit einiger Zeit schon meinen Bruder und fürchten bereits, ihm könne etwas zugestoßen sein. Die rassistischen Ausschreitungen in Ihrem Land, sie verstehen? Unsere Lobby ist nicht allzu groß, wissen Sie ..."

Er hätte ihren Vortrag gerne noch einmal bei vollem Bewusstsein gehört.

Hier jedoch, in diesem Raum, mit diesen dreien, hatte er irgendwie etwas Unwirkliches. Es war, als ob ein seltsam flirrender Hauch, ein zitternder Schemen über diesem Zimmer lag, der alles, was hier geschah, auf eine seltsame Art beinahe entstellte.

Es verhielt sich wie mit den Narben im Gesicht dieses Elefantenmannes, alles schien sich fortwährend zu verändern, in Bewegung zu sein, ohne dass man es dabei jedoch wirklich zu sehen vermocht hätte. Es fühlte sich an, als fülle ein finsterer Schwamm, mit altem Blut und unnützen Gedanken vollgesogen, seinen Kopf aus.

Ein Trauma, es musste ein Trauma sein, was nach einem solchen Hieb zumindest kein Wunder gewesen wäre.

„Ihre Motive allerdings scheinen durchaus lauter. Obwohl ihr ‚Geschenk' ein wenig, sagen wir, unvollständig ist."

Es war dieses eine Wort, es war die Art, wie sie es aussprach: „unvollständig“. Plötzlich schob sich an dem Schwamm im Inneren seines Schädels die merkwürdige Gewissheit vorbei, dass diese Frau inmitten dieser absonderlichen Geschehnisse eine Art Verbündete sein würde.

Dennoch versuchte er zunächst, sich zu erklären: „Das ist nicht meine Schuld. Ein Freund ...“

„Ich weiß.“

„Dann wissen Sie möglicherweise auch noch mehr. Was genau geschieht hier?“

„Eure Stadt hat sich verändert, eure Schatten lernten töten ...“

Grauert nickte nachdenklich.

„... beseelt vom Zorn gestohlener Götter und ihrem Willen nach Vergeltung.“

Ihm kamen einige Comic-Helden in den Sinn, deren Fähigkeiten einer solchen Situation ungleich angemessener gewesen wären. Grauert hatte nicht das Gefühl, dass ihn das hier weiterbringen würde, zu mächtig schien der Aberglauben, der über dieser Geschichte wucherte. Der Zauber der Situation jedenfalls würde der Wahrheitsfindung kaum dienlich sein können.

Der Rest des Gespräches war belanglos. Es war beinahe, als machte die Anwesenheit der beiden anderen es dieser Frau unmöglich, ungehindert zu sprechen. Grauert verstand nur allzu gut. Schließlich hatte er sich bereits ausführlich mit dem Elefantenmann unterhalten.

Die misstrauischen Blicke der beiden Männer ruhten die ganze Zeit auf ihm und der Frau. Er erinnerte sich später nicht mehr an das Gespräch, aber die Luft war voller Geheimnisse gewesen, Geheimnisse, die auf seltsamen Wegen und aus fernen Ländern gekommen waren und jenen Raum ganz ausgefüllt hatten, und die ganze Zeit überlegte er, wie er diese Frau unter vier Augen sprechen könnte. Er war sich so sicher, dass sie ihm mehr, ja dass sie ihm alles sagen würde, wenn er sie nur alleine vor sich hätte.

Als er ging, war es dunkel. Zum Abschied gab der Muskelmann ihm die Hand und versuchte sogar zu lächeln. Der Alte nickte Grauert kurz zu, wobei seine Augen für einen kurzen Moment grün aufblitzten. Auch die Frau gab ihm die Hand und steckte ihm dabei heimlich einen kleinen Zettel zu, den er geflissentlich verschwinden ließ und erst auseinanderfaltete, als er wieder in der U-Bahn saß.

Was darauf stand, entzauberte ihn beinahe vollkommen. Es war einfach zu alltäglich. Die Erinnerung an den Zauber jener Neuköllner Absteige verblasste und verwandelte sich in fürchterliche Kopfschmerzen. Er faltete das Papier zusammen und steckte es wieder ein. Doch der exotische Zauber war der Realität gewichen, einer Stadt, die nicht schlief und in der das Schicksal Einzelner kaum zählte. Er zog den Zettel noch einmal hervor. Eine Handynummer.

Als Simon Grauert heimkam, blinkte das Lämpchen auf seinem Anrufbeantworter.

*　　　*　　　*

Mit glücklichem Lächeln setzte Jan van de Groth seine Unterschrift unter den Vertrag und schob ihn von sich. Es hatte sich gelohnt, länger im Büro zu bleiben, war er doch im Begriff, die unrentabelste seiner Diamantenminen abzustoßen. Seinerseits unterzeichnend beugte sein Gegenüber sich nun ebenso zufrieden über den Vertrag.

Der Raum war mit Kirschholz getäfelt, van de Groth hatte ihn vor kaum zwei Wochen bezogen, und Teile der Täfelung verschoben sich noch immer knirschend gegeneinander. Dies und die Geräusche des dunklen Leders der Schwingsessel machten den Charme seines neuen Büros aus. Den Charme all seiner Büros.

Dieses hatte er ebenso eingerichtet wie das in Amsterdam. Er war ein Gewohnheitsmensch, selbst die Schubladen seiner Schreibtische waren gleich bestückt. Sogar eine Replik jener sündhaft teuren Glasskulptur hatte er aufstellen lassen. Anderthalb Meter reines Kristallglas – und dabei konnte er den Künstler nicht einmal mehr leiden. Aber er hatte keine Zeit, Ausstellungen zu besuchen. Vielleicht, wenn er dieses Problem und dieses öde Stück Land hinter sich hatte.

Sein Vertragspartner erhob sich, schloss umständlich einen Knopf seines Sakkos und reichte ihm zum Abschied eine wulstige Hand, an der eine silberne Calvin-Klein-Uhr funkelte. Van de Groth konterte mit einer Rolex und nicht minder feisten Fingern.

Kaum dass die Schritte seines Gastes im Flur verklungen waren und die Tür zu van de Groths Etage sich geschlossen hatte, öffnete er eine der Schreibtischschubladen, um ein Whiskyglas hervorzuholen und sich ein großzügiges Glas Talisker einzuschenken.

Er schwenkte den Whisky im Tumbler, ließ sich zufrieden in seinem Sessel zurücksinken und seinen Blick über die inzwischen beinahe ganz im Dunkel liegende Stadt schweifen. Oh ja, es hatte sich gelohnt, länger zu bleiben.

Plötzlich meinte er, vom Flur her Geräusche zu hören. Van de Groth runzelte die Stirn, er hatte seine Sekretärin bereits vor Stunden nach Hause geschickt, und der Geschäftspartner besaß keinen Schlüssel, mit dem er ...

Er wollte sich gerade erheben, als die Tür mit einem gewaltigen Knall aufflog und von einem Moment auf den anderen ein gedrungener muskulöser Schwarzer in seinem Büro stand, der, wie es den Anschein hatte, die Eingangstür mit roher Gewalt aufgebrochen hatte. Der Mann wirkte unheimlich, sein Gesicht war voller seltsamer, zu merkwürdigen Mustern zusammenlaufender Narben, und während der Unbekannte sich in seinem Büro umschaute, den Blick über die Kirschholztäfelung schweifen ließ, beugte van de Groth sich langsam vor, um nach einer weiteren Schreibtischschublade zu greifen. In diesem Moment entdeckte der Fremde den Lichtschalter und streckte die Hand danach aus.

Mit einem beiläufigen Klicken erstarben die Neonsegmente an der Decke, glommen einige Momente nach, dann war es beinahe vollkommen dunkel im Büro. Im gleichen Moment hatte der Diamantenhändler einen Revolver aus dem Schreibtisch gerissen.

Nur vom Flur her fiel noch ein schmaler Lichtstreifen durch die Tür. Bei weitem nicht ausreichend, um ein Ziel auszumachen.

Für einen Moment waren Schritte zu hören. Dann schloss sich die Tür und ließ van de Groth in einem Dunkel zurück, das sich, von den unruhigen Lichtern der Stadt halbherzig durchbrochen, wie ein Fluch über sein Büro legte.

Er hielt die Waffe auf die Tür gerichtet. Seine Hand zitterte. Dann drückte er ab. Einmal, noch einmal und wieder.

Die Wandtäfelung splitterte, doch im Schein des Mündungsfeuers war nichts zu sehen. Nichts. Niemand. Niemand mehr – und doch meinte van de Groth, Bewegungen wahrzunehmen. Inmitten der Schwärze, beinahe als bewege sich das Dunkel selbst ...

Das Glas war unweit des Schwingsessels zum Liegen gekommen, der Whiskey hatte den Teppichboden dunkel gefärbt, und der Diamantenhändler saß, den kalten Stahl in der bebenden Hand, zurückgesunken in seinem Stuhl, bemüht, irgendetwas im Dunkel des Raumes auszumachen. Erst jetzt kam er auf den Gedanken, die Schreibtischlampe einzuschalten. Er erhob sich langsam aus dem Sessel, streckte den Zeigefinger nach dem Schalter der Lampe aus und spürte plötzlich, wie ein unnachgiebiger Druck sich wie von innen um seinen Hals legte.

Kapitel 8

Überlebende und Schattenspiele

Das erste, was Mathesdorf am nächsten Morgen in Angriff nahm, war die Ausschreibung des zweiten, des alten Farbigen zur Fahndung. Die Wahrscheinlichkeit, dass der Mann mehr über die Vorfälle wusste, war in seinen Augen in den letzten Tagen immer mehr gewachsen. Dann betrat Plagemann das Büro.

„Du hast den anderen Schwarzen zur Fahndung ausgeschrieben?"

„Ja." Mathesdorf nickte kurz.

„Rate mal, was die Kollegen von der Seuche auf dem Wittgenstein-Grundstück in der Nacht beobachtet haben."

„Sag mir bitte, dass es kein gottverdammter Nigger war ..."

„Genau das. Einen Schwarzen. Genau zu dem Zeitpunkt, an dem aller Wahrscheinlichkeit nach Wittgenstein starb

– und er ist abgehauen. Zwei der Seuchler haben ihn gesehen."

„Na großartig."

„Es kommt noch schlimmer: Jan van de Groth. Diamantengroßhändler aus Amsterdam. Er ist das jüngste Opfer unserer Symptome. Es hat ihn in seinem Büro im vierzehnten Stock erwischt. Außer ihm gab es keine Opfer, weder in dem Gebäude noch in anderen Teilen der Stadt."

„Plage, ich habe das Gefühl, dass unsere Symptome langsam wählerischer werden ..."

„Aber es gibt auch eine gute Nachricht: Ehe ihm die Luft ausging, hat Wittgenstein nämlich noch ein Telefonat geführt. Wir haben die Nummer."

„Wen hat er angerufen?"

„Grauert, Simon, offensichtlich ein Schulfreund oder so etwas. Ich lasse ihn gerade holen."

„Was genau versprechen wir uns davon?"

„Wittgenstein hat wohl mit ihm über den Fall gesprochen. Offener als mit uns, wie es scheint."

Mathesdorf nickte. Nicht, dass er sich viel davon versprochen hätte, aber zumindest schien es eine Spur zu sein, und damit waren sie im Rahmen dieses Falles schließlich noch nicht sonderlich verwöhnt worden.

* * *

Die Sonne brannte entsetzlich. Aber im Gegensatz zu den vergangenen Tagen konnte man zumindest Golf spielen. Zumindest ein Trost, dachte sich Raimund von Stahl und schob das neuner Eisen zurück in die Tasche. Er schaute sich um, schob den Filterzigarillo in den anderen Mundwinkel und kam zu dem Schluss, erst einmal eine Pause einlegen zu müssen.

Hinter dem Clubhaus bei der Bar waren einige Sonnenschirme aufgespannt. Er schnippte mit den Fingern, und sein Caddy, ein junger Farbiger, noch keine zwanzig, folgte ihm aufs Kommando. Von Stahl setzte sich unter einen der abgelegenen Schirme und musste dabei einmal mehr feststellen, dass er diese Neureichen hasste und in diesem Club golften ausnahmslos Neureiche. Er selbst eingeschlossen.

Er rückte seine Sonnenbrille, ein scheußliches Zuhälter-Modell, gerade, zupfte sein verschwitztes Hawaihemd zurecht und bat seinen Caddy, ihm von der Bar einen Suffering Bastard zu bringen. Es war ein großartiger Erfrischungscocktail, der gewöhnlich mit einem Stück Gurke und auf Wunsch auch mit der Zigarettenhausmarke des Shepheard Hotels Kairo gereicht wurde. Er war sich nicht einmal sicher, ob der Drink ihm überhaupt schmeckte, aber ihn zu bestellen erregte in der Regel genügend Aufmerksamkeit, um während der folgenden Konversation Gelegenheit zu haben, statistisch gesehen zumindest jede dritte Gesprächspartnerin abzuschleppen.

Eigentlich, dachte von Stahl plötzlich, waren die Neureichen nicht das Problem. Inzwischen spielte ohnehin fast jeder Arsch Golf.

Feixend lehnte er sich in seinem Stuhl zurück, verschränkte die Arme im Nacken und blies den Rauch des Zigarillos in den Sommerhimmel. Der Schatten des Schirmes lag lindernd auf seinen sonnenverbrannten Oberarmen. Langsam streifte er die Handschuhe ab und warf einen entspannten

Blick zur Bar. Es hatte den Anschien, als würde der Junge noch ein wenig brauchen. Darum begann von Stahl, die Leute zu beobachten, die unter den anderen Schirmen an ihren Cocktails nippten und dabei die Belanglosigkeit ihrer Existenz zu verdrängen suchten. Die Hälfte von ihnen konnte Platzreife vermutlich nicht einmal schreiben.

Dabei fielen ihm in einiger Entfernung zwei Gestalten auf; ein gedrungener Farbiger und eine nubische Fürstin, die nahe des Clubhauses herumlungerten. Die beiden passten nicht in den Club.

Es lag nicht nur an der Kleidung. Sie wirkten einfach nicht wie Angestellte, geschweige denn Mitglieder.

Er überlegte, wie er die beiden einordnen sollte, als jemand ihn beim Namen rief. Er fuhr herum, winkte einer Frau, mit der er irrtümlich einmal geschlafen hatte, und schaute wieder zurück.

Die beiden Gestalten waren verschwunden. Von Stahl sah zur Bar hinüber, wo sein Caddy gerade seinen Drink in Empfang nahm. Daraufhin lehnte er sich locker zurück, als er plötzlich etwas spürte. Es war um ihn herum, urplötzlich. Nichts, das zu sehen oder zu hören gewesen wäre, nur ein dünner Schleier, unsichtbar, doch so dicht, dass kein Geräusch ihn zu durchdringen vermochte, nicht von außen noch von innen.

Ihm war, als sei er in einer unwirklichen, dunklen Blase gefangen, und dabei schien der ihn umfangende Schleier beinahe einen eigenen Willen zu besitzen. Langsam begann er, sich zuzuziehen. Zunächst war es die Luft. Von einem Augenblick auf den anderen wurde es ihm unmöglich zu atmen. Irgendetwas war da an, nein, in seinem Hals, als umspielten zahllose dünne Finger immer mehr Druck ausübend wie Spinnenbeine seine Luftröhre. Seine Glieder wurden schwer, und seine Haut brannte wie unter den Stichen zahlloser heißer Nadeln.

Von außen war von alldem fast nichts zu sehen. Von Stahl schien nur etwas verkrampft im Schatten des Sonnenschirmes keine fünf Meter von den übrigen Mitgliedern entfernt zu sitzen, während die dunklen Gläser seiner Sonnenbrille seine langsam aus ihren Höhlen hervortretenden Augen verbargen.

Niemand bemerkte, was vor sich ging, nicht einmal sein Caddy, der einen Moment später mit dem Drink in der Hand in den Schatten des Schirmes trat, gleich darauf taumelte, zusammensackte und wenige Augenblicke vor dem passionierten Golfer das Bewusstsein verlor. Vollkommen geräuschlos zerbarst das Glas am Fuß des Tisches, verteilten sich die eigenwilligen Zutaten des Suffering Bastards am Boden und schlug der Körper des Jungen am Boden auf. Doch der vollkommenen Stille zum Trotz bemerkten nun einige der Umsitzenden, dass hier irgendetwas vor sich ging, und inmitten einer besorgt herbeistürzenden Menge sah von Stahl gerade noch die Gesichter des bulligen Schwarzen und seiner Begleiterin aufblitzen, bevor auch er das Bewusstsein verlor ...

* * *

Erstaunlicherweise berührte Wittgensteins Tod Grauert kaum. Tatsächlich war ein Selbstmord mehr, als er je von ihm erwartet hätte, und einen solchen hatte er ihm ja telefonisch angekündigt; es war nahezu spektakulär. Eigentlich hatte Grauert ihn am Rande irgendeiner Filmpremiere an seinem eigenen Erbrochenen erstickt auf der marmorgetäfelten Toilette irgendeines Produzenten gesehen.

So hatte Wittgenstein ihn am Ende jedenfalls schließlich doch noch einmal überrascht. Aber zumindest hatte er auf ihn getrunken und nochmal das Fotoalbum ihrer gemeinsamen Bergungstour durchgeblättert. Wittgensteins Vermächtnis aber würde ihn so schnell nicht loslassen ...

„Eure Schatten lernten töten."

Der Satz ging ihm nicht aus dem Kopf. Schatten ... Grauert meinte, sich dunkel an etwas zu erinnern und ging zu den Kartons hinüber, in denen er seine Bücher aufbewahrte. Nach einer Stunde hatte er es gefunden. „Peter Schlehmils wundersame Reise". Er erinnerte sich tatsächlich bloß dunkel, aber er hatte es gerne gelesen, und er würde es noch einmal tun.

Außerdem hielt er auch das Internet für eine gute Idee. Aber ein Blick auf die Anzahl der Ergebnisse machte klar, dass „Schatten" ein denkbar ungünstiger Suchbegriff war. Ganz zu schweigen von der englischen Variante. Pathetische Film- und Buchtitel, gefolgt von esoterischem Allerlei und einer Unzahl Pop- und Metal-Titel. Das würde mehr Zeit in Anspruch nehmen als der Chamisso.

Drei Stunden später hatte er aus den Unmengen an Webseiten zumindest einige interessante herausgefiltert. In beinahe allen Kulturen schienen sich Geschichten von Schatten, Schattenmännern, -geschöpfen oder -ungetümen zu finden, und ein weit verbreiteter Aberglaube war augenscheinlich der, dass der Verlust der Seele mit dem des Schattens einherging. Das Ganze war also nicht auf Chamissos

Mist gewachsen. Es gab offensichtlich auch eine Handvoll interessanter psychologischer Beobachtungen, vor allem bei Kindern. Zum Beispiel zeichneten kleine Kinder im Zuge des Spieles mit einem Stock einen Kasten in den Sand und um ihren Schatten und wunderten sich, dass er kurz darauf verschwunden war, oder versuchten einfach, mit ihm Fangen zu spielen. Dann war da natürlich auch noch das Böse, das sich seit eh und je in den Schatten zu verstecken pflegte, sei es in der Schattenlyrik des Villain du Boaz, oder aber auch der von eigenem Leben beseelte Schatten, ein Motiv, das bereits in den Anfängen des phantastischen Filmes zum Einsatz gekommen war.

Zudem gab es natürlich noch das indonesische Schattentheater, eine so wichtige Institution, dass es in Burma sogar einen Minister für das Puppenspiel gab. Grauert jedenfalls staunte nicht schlecht, was ihm da aus den Weiten des Weltnetzes auf den Monitor gepoltert kam. Aber grundsätzlich schien dem Schatten etwas Geheimnisvolles oder zumindest Dubioses anzuheften.

Nach drei weiteren Stunden flimmerten Grauert die Augen. Sein Kopf schmerzte.

Das Interessanteste, was er bei seiner Suche entdeckt hatte, war die Seite einer englischen Stiftung, die sich mit bedrohten Völkern auseinandersetzte. Auf dieser Seite nämlich hatte er die Wasanias wiedergefunden, jenen Nomadenstamm, dem nicht nur der Alte und seine Begleiter angehörten, sondern der auch bereits in Minguez' Übersetzung von del Flores' Tagebuch Erwähnung gefunden hatte. In dem Buch war von einer Art ehrerbietigem Abstand die Rede gewesen, den die Stammesangehörigen zueinander gehalten hatten und der an dieser Stelle näher beschrieben wurde. Den Ausführungen auf dieser Seite zufolge hielten die Stammesmitglieder keineswegs Abstand zueinander, sondern vielmehr zu ihren Schatten. Ein weiterer bemerkenswerter Aspekt dieser Ausführungen war der Umstand, dass der Stamm im Gegensatz zu del Flores' Beschreibung als Volk ohne Glauben geschildert wurde.

„... beseelt vom Zorn gestohlener Götter und ihrem Willen nach Vergeltung."

Gestohlene Götter. Was immer es auch war, es musste in der Schatulle gewesen sein, die der spanische Seefahrer und seine Männer damals gestohlen hatten, und darin musste es geruht haben, bis der Einbrecher ... aber warum sollte es derart lange verborgen geblieben sein? Wenn dieses Geschöpf tatsächlich eine Art Gott und dementsprechend mächtig war, dann musste es doch einen einleuchtenden Grund dafür geben, dass es so lange in dieser Schatulle gefangen geblieben war. Höchstwahrscheinlich hatte es mit den Edelsteinen zu tun, mit denen sie besetzt gewesen war, bis Wittgenstein sie um seines Lebensstils Willen einen nach dem anderen herausgebrochen hatte. Er würde aber kaum mehr verraten können, an wen er sie verkauft hatte.

Es war zum Verzweifeln, was immer er auch versuchte, schien ihn früher oder später in eine Sackgasse zu führen, und ganz allmählich gelangte er zu dem einzig möglichen, unausweichlichen Schluss: Einzig die schwarze Schönheit, die Pantherkönigin, würde ihm weiterhelfen können. Er zog den kleinen Zettel hervor und betrachtete nachdenklich ihre Handynummer.

Selbst ohne diese ganze Geschichte wuchs sein Verlangen, sie anzurufen. Er stieß sich vom Schreibtisch ab und rollte mit dem Stuhl bis zum Kühlschrank hinüber. Dabei passierte er seinen Kleiderschrank und verfiel auf den Gedanken, mal wieder eine Maschine Wäsche zu waschen.

Er öffnete den Kühlschrank, nahm eine Milchtüte heraus und drehte sich auf seinem Stuhl um 180 Grad. Die Neonröhre über dem Herd warf seinen Schatten tief ins Innere des Raumes. Abgesehen davon war der flimmernde Monitor die einzige Lichtquelle im Zimmer. Die Schatten seiner Habseligkeiten fielen seltsam, schienen die fehlende Ordnung im Inneren des Raumes in ihren Abbildern noch zu verschlimmern. Es waren etliche Schatten, Abkömmlinge verstreuter Lichtquellen, einer Straßenlaterne vor dem Fenster, des schimmernden Monitors und der Neonröhre. Es war beinahe, als könnten die Dinge sich nicht entscheiden, welchem Licht sie dienen und in wessen Dienst sie ihren Schatten letztlich werfen wollten ... dabei zeichnete das Küchenlicht die dunkelsten Bilder. Grauert knipste das Neonlicht aus, so dass der Raum sich von einem Moment auf den nächsten verdunkelte, die Schatten der Dinge sich mit der Nacht verbanden und dem Licht beinahe nichts mehr ließen.

„Der Schatten im Inneren eines Raumes ist das Dunkel selbst", schoss es Grauert durch den Kopf. Er hielt diesen Ansatz für ziemlich geistreich. Ein sicheres Zeichen dafür, dass er wirklich Schlaf brauchte.

Versonnen starrte er ins Dunkel und folgte mit seinen Blicken den schmalen Lichtstreifen, die von draußen her auf sein Bett fielen. Da brach plötzlich mit einem lauten Knall seine Haustür aus ihrer Fassung. Vom Flur her schnitten die Lichtkegel eines guten Dutzends Taschenlampen das Dunkel in Scheiben.

Im nächsten Moment flammte das Deckenlicht auf. Dadurch sahen die Männer des schwerbewaffneten Sondereinsatzkommandos sich mit den scheußlichsten Boxershorts konfrontiert, die sie je zu Gesicht bekommen hatten.

* * *

Seit es wieder ihr Fall war, hatte Mathesdorf wenig zu seiner Aufklärung beigetragen. Es schien ihm das Klügste, das Gros der Arbeit von Plagemann erledigen zu lassen. Damit war er noch immer gut gefahren: Er blieb einfach zurückgelehnt in seinem Schreibtischstuhl sitzen. Wenn es Lorbeeren gab, streckte er die Hand danach aus, und wenn es Ärger gab, zeigte er auf Plagemann. Er schätzte diese Art der Zusammenarbeit.

Momentan jedenfalls rauchte er eine der Zigarren von Trondts und war gerade im Begriff, auf seinem Computer eine neue Patience zu legen, als Plagemann mit einem Stapel Papiere das Büro betrat. In diesem Augenblick wurde Mathesdorf zum ersten Mal klar, dass er, obwohl er seit über zwei Jahren Plagemanns Vorgesetzter war, keine Ahnung hatte, wie dieser überhaupt arbeitete. Er war selten im Büro. Wenn er ihn brauchte, pflegte er ihn anzurufen, und dann erschien Plagemann gewöhnlich innerhalb einer halben Stunde mit irgendetwas unter dem Arm, was den Fall zum Abschluss oder zumindest weiterbrachte. Es war davon auszugehen, dass es sich in diesem Fall nicht anders verhielt.

„Wir haben eine Verbindung!"

Beiläufig klickte er das Spielfenster weg, so dass ihm nun an seiner statt ein Textverarbeitungsprogramm entgegen flimmerte.

„Nämlich?"

„Afrika. Ostafrika, um genau zu sein. Wittgenstein hat das Wrack, das Fundament seines flüchtigen Ruhmes, damals vor der Küste Malindis gefunden. Van de Groth, der Diamantenhändler, den es gestern Abend in seinem Büro erwischt hat, war gerade dabei, eine seiner Edelsteinminen in der Nähe von Simbabwe zu verkaufen, und der neueste ..."

„Der was?"

„Der neueste, das neueste Opfer, Raimund von Stahl, hat kürzlich einige tausend Hektar Land, die Ländereien seines Vaters, in der Nähe von Mosambik verkauft. Von Stahl ist erst vor einigen Monaten nach Deutschland gekommen, und heute Mittag hat es ihn erwischt, im Golfclub, bei strahlendem Sonnenschein."

„Dann ..."

„Ja, genau. Seit die Todesfälle anscheinend gezielt auftreten, sind alle Opfer ausnahmslos in der einen oder anderen Weise mit dem Osten Afrikas verknüpft. Aber das Interessanteste habe ich noch gar nicht erzählt."

„Nämlich?"

„Von Stahl ist dem Grunewald-Syndrom nicht erlegen."

„Das bedeutet?"

„Er lebt, Jochen!"

Kapitel 9

Verrat und Profit

Raimund von Stahl genoss den ihm zuteil werdenden Personenschutz und die damit einhergehende Aufmerksamkeit. Zwanzig Sicherheitsbeamte erregten mehr Aufsehen als jeder Cocktail. Er überlegte, ob er einen Bekannten von der dpa anrufen sollte.

Zwar trugen seine Bewacher Zivil, aber ihre athletischen Körper in den schwarzen Anzügen wirkten. Von Stahl jedenfalls fühlte sich sicher, und mehr noch: Er fühlte sich wichtig. Die Einschränkung seiner Privatsphäre nahm er dafür gern in Kauf. Tatsächlich schlenderte er vornehmlich mit dem Handy immer wieder an den im Haus verteilten Sicherheitsleuten vorbei und erzählte irgendjemandem, wie aufregend das alles war.

Sie hatten ihn nur kurz zur Beobachtung im Krankenhaus behalten, dann seine Aussage aufgenommen und ihn schließlich entlassen. Es war ein Dr. von Trondt gewesen, der ihn untersucht hatte und dabei sehr erstaunt über die Tatsache gewesen war, dass von Stahl das ihm Widerfahrene überlebt hatte.

Er selbst hatte es lediglich für einen Kreislaufkollaps gehalten. Was es tatsächlich war, hatte ihm niemand sagen können oder wollen. Aber auch ohne irgendwelche Erklärungen hatte er den Vorfall recht bald mit den Grunewald-Vorfällen in Verbindung gebracht. Er war schließlich nicht auf den Kopf gefallen.

Darum versuchte er, seine Geschichte jetzt auch noch ganz nebenbei exklusiv an irgendeine Berliner Tageszeitung zu verkaufen. Am nächsten Tag würde der leitende Kommissar des Morddezernates ihn vernehmen, und bis dahin wollte von Stahl die Geschichte im Kasten haben.

In seinem Leben würden sonnige Zeiten einkehren, und er spürte förmlich, wie die lästigen Schatten langsam vor der Sonne seines Glücks verschwanden ...

* * *

Grauert hatte die halbe Nacht in einer Zelle verbracht, und jetzt hockte er bereits seit zwei Stunden in diesem Flur, ihm gegenüber zwei Mitglieder der Sondereinheit, die das Herumsitzen offensichtlich als willkommene Abwechslung zum Stürmen fremder Wohnungen betrachteten. Grauert stand auf und streckte sich.

Sofort zuckte die Hand eines seiner Bewacher zur Waffe, aber er hatte keineswegs vor zu fliehen. Lächelnd zog sein Gegenüber die Hand wieder aus dem Jackett.

Seit sie auf dem Revier waren, war Grauert bemüht, sich entspannt zu geben. Aber dass seine Bewacher seine Shorts gesehen hatten, machte ihn diesbezüglich ziemlich unglaubwürdig.

Er wies mit dem Kopf in Richtung der Toiletten. Sein Gegenüber nickte freigiebig und bedeutete ihm, er könne kurz gehen.

Langsam ging Grauert zur Tür der Herrentoilette und fühlte dabei zufrieden das Mobiltelefon in seiner Hosentasche. Er hatte vor, sich gegenüber den ermittelnden Beamten kooperativ zu geben, Schuldbewusstsein zu zeigen, und dazu gehörte eben auch, dass er ihnen das Versteck der Schwarzen verriet. Allerdings nicht, ohne diese vorher gewarnt zu haben ...

Er schloss sich in eine der Kabinen ein und zog zusammen mit dem Handy den Zettel mit der Nummer seiner nubischen Fürstin hervor. Seine Finger flogen über die Tasten. Es brauchte einen Moment, bis er begriff, dass er in diesem Raum kein Netz hatte.

Als er von der Toilette zurückkam, stand ein dritter Mann bei seinen Bewachern. Die Tür zum Büro des Kommissars stand offen.

„Simon Grauert?"

Er nickte.

„Kommissar Mathesdorf wäre jetzt so weit."

Wortlos folgte Grauert Plagemann ins Büro des Kommissars. Seine beiden Aufpasser blieben im Flur zurück. Ohne ihn wirkten sie dort beinahe deplatziert.

Grauert ging langsam und bereitete sich in Gedanken bereits auf ein Verhör vor, dessen Regeln ihm durch verschiedenste Filme nur allzu bekannt waren. Im Inneren des

Büros wies Plagemann ihm einen schwarzen Schwingsessel zu und begab sich wortlos zur Kaffeemaschine hinüber.

Auf der anderen Seite des Schreibtisches saß Mathesdorf, dem die Spuren des Schlafentzuges deutlich ins Gesicht geschrieben standen. Grauert erwartete jeden Augenblick, dass Plagemann mit den Daumenschrauben und dem spanischen Stiefel zurückkam.

„Also, Herr Grauert, sie waren ein Freund von Floyd Wittgenstein?" Die Stimmlage des Kommissars ließ fast an seiner Motivation zweifeln.

„Im weitesten Sinne ja."

Der Blick des Kommissars machte ihm eines unmissverständlich klar: Diese Leute wussten, dass er mit Wittgenstein gesprochen und mehr über den Fall erfahren hatte als sie. Leugnen war wenig sinnvoll. Das Klügste war also, sich so nahe wie möglich an der Wahrheit entlangzutasten, ohne zu viel preiszugeben.

„Von was für einer Schatulle sprach er am Telefon?"

Grauert fuhr zusammen. Er hatte nicht damit gerechnet, dass sie so viel wussten.

„Von einem goldenen Kästchen, an dem sich der Einbrecher den Schädel einschlug."

Mathesdorf nickte, und Grauert ging im Kopf die Vorwürfe durch, die der Kommissar ihm noch machen könnte.

„Ihnen ist klar, dass Sie damit eventuell Spuren vernichtet haben?"

„Ja."

Mathesdorf schaute ihn eindringlich an. „Ich weiß auch, dass es falsch war." Die Simulation von Reue war das geringste Problem.

Zu seinem Studium gehörte diese Fähigkeit ebenso wie die Bücher. Mathesdorfs Blick ließ indes keinen Schluss zu, wie erfolgreich er in diesem Fall gewesen war.

„Wo ist dieses Kästchen jetzt?“

Von diesem Moment an galt es, vorsichtig zu werden. Um seinen Kopf aus der Schlinge zu ziehen, würde er einiges verraten müssen. Aber zugleich hatte er vor, weder seinen Vorsprung bezüglich der Nachforschungen noch seinen Status bei seiner Panthergöttin zu gefährden.

„Die Schwarzen haben es.“

„Die Schwarzen?“ Der Kommissar schoss förmlich von seinem Stuhl empor. Er hatte sich verraten, in seiner Frage lag die gesamte Ungewissheit der vergangenen Tage, das Bewusstsein, dass der Schlüssel zu dieser dunklen Geschichte irgendwo in Afrika lag und nur die Hand eines dieser geheimnisvollen Schwarzen ihn in seinem Schloss zu drehen vermögen würde ...

Das Wissen um die Neugier des Kommissars kam Grauert überaus gelegen. Er war sich beinahe sicher, sie befriedigen zu können, ohne die innersten Schatzkammern seines Wissens auftun zu müssen.

„Ein paar religiöse afrikanische Fanatiker, die ...“

„Ist auch ein alter Mann dabei?“

„Ja, und zwei andere. Ein kleiner, kräftiger und eine Frau, die ...“

„Wo sind sie?“

Die folgende Pause vermochte Grauert virtuos mit einigen unsicheren Blicken zu überbrücken, die für Mathesdorf keinen Zweifel daran ließen, dass ihm die folgende Aussage überaus schwerfiel.

„In einer kleinen, illegalen Pension in Neukölln."

„Adresse?"

Grauert griff nach Papier und Bleistift, schrieb die Adresse auf einen Notizzettel und reichte ihn dem vor ihm stehenden Kommissar. Der winkte seinen Assistenten zu sich, wechselte einige leise Worte mit ihm und wandte sich schließlich, während er sich seine Jacke überwarf, noch einmal Grauert zu.

„Betrachten Sie sich vorläufig als entlassen. Aber Ihnen ist hoffentlich klar, dass sie nichtsdestotrotz mit Konsequenzen zu rechnen haben, Herr Grauert?"

Hinter seiner scheinbar betroffenen Miene überlegte Grauert, wie lange sie wohl brauchen würden, um dort anzukommen. Aber die Zeit würde mit Sicherheit ausreichen, sie zuvor noch einmal anzurufen und zu warnen.

* * *

Sie waren zu viert und in Zivil, aber schon auf hundert Meter als Polizisten zu erkennen. Obwohl es in Strömen regnete, standen einige heftig debattierende Männer im Eingang des Hauses. Sie waren verschiedener Nationalität und befanden sich, wenn Mathesdorf Grauert glauben wollte, alles andere als legal in diesem Land.

Kaum dass der Kommissar und seine Männer das Grundstück betreten hatten, verstummten die Gespräche. Mit unverhohlener Feindseligkeit musterten die Männer die Beamten, räumten ihnen nicht mehr Platz als unbedingt nötig ein, um das Gebäude zu betreten. Nicht ohne ein gewisses Unwohlsein quetschten sich die Beamten an den Männern vorbei. Dunkle Gesichter, zerfurcht, vernarbt, böse Blicke, und im Flur hing ein unverkennbarer Cannabisgeruch.

Eigentlich wollte Mathesdorf nur die Schwarzen. Aber wenn ihm hier jemand unnötig Ärger machte, dann würde er dieses Haus innerhalb dreier Stunden von den zuständigen Stellen räumen lassen und jeden dieser gottverdammten Kameltreiber zurück in seine Wüste schicken!

„Los, hoch! Zweiter Stock, dritte Tür links. Vorwärts."

Auf dem letzten Treppenabsatz bedeutete Mathesdorf den Kollegen zu schweigen. Wortlos postierten sie sich an der Tür. Mathesdorf klopfte.

„Herr Guyu? Kriminalpolizei. Machen Sie auf."

Die Tür schwang auf, sie war nicht einmal verschlossen gewesen. Mathesdorf zog seine Waffe und nickte zweien seiner Kollegen kurz zu. Sie stießen die Tür auf und sicherten den Raum.

Nichts. Keine Spur von den Schwarzen.

Mathesdorf war beinahe enttäuscht. Kein blutbesudelter Altar, keine geköpften Hühner, nicht mal eine miese Voodoopuppe. Stattdessen nur eine schäbiger, kleiner Raum, zwei Matratzen, ein Tisch und drei halbzerfallene Stühle. Die Fensterscheiben starrten vor Dreck. Auf dem Tisch stand eine halbleere Kaffeetasse.

Der Raum war verdammt hellhörig. Jeder Schritt aus den umliegenden Apartments versetzte den spärlichen Rest Kaffee in schwingende Bewegungen. Irgendein Nachbar schlug seine Frau, dass die Spinnweben zwischen Fensterrahmen und Wand zu zittern begannen.

Mathesdorf sah zu Plagemann hinüber, hob eine Braue und ließ langsam seine Dienstwaffe zurück in ihr Holster gleiten. Dann schlug die Frau zurück. Ihr Keifen war derart deutlich, als ob sie direkt neben ihnen stünde.

Mathesdorf stieg über die Matratze hinweg zum Tisch und legte eine Hand an die Tasse. Der Kaffee war noch warm ...

Wortlos bedeutete Mathesdorf seinen Kollegen, vorsichtig zu sein. Womöglich versteckten die Schwarzen sich noch irgendwo im Haus. Zwei Stockwerke lagen noch über ihnen. In jedem zwölf Apartments. Nichts, was sie zu viert einfach schaffen würden. Die Kooperationsbereitschaft des Hausbesitzers war durchaus zu bezweifeln, und so etwas wie einen Hausmeister gab es hier mit Sicherheit auch nicht.

Er griff nach dem Funkgerät und forderte so leise wie möglich Verstärkung an. Auf Gegenliebe würde die Aktion hier mit Sicherheit nicht stoßen.

Sie würden nach unten gehen und den Vorder- und den Hintereingang beobachten, bis die Kollegen eintrafen. Langsam stiegen sie die Treppe wieder hinab.

Mathesdorf schimpfte. Im Gegensatz zu den anderen beiden hörte Plagemann ihm jedoch nicht zu. Er wusste, dass sein Vorgesetzter ein Querulant vor dem Herrn und darüber hinaus von einer bizarren Mischung aus Faulheit und Ehrgeiz beseelt war. Nicht, dass Plagemann ihn nicht leiden konnte, nur hätte er ihn besser leiden können, wenn er nicht mit ihm hätte zusammenarbeiten müssen.

Kaum hörbar zeterte Mathesdorf vor sich hin. Die beiden anderen Kollegen kamen nicht umhin, unangenehm berührt einzelne Worte aufzufangen.

Keiner von ihnen rechnete damit, dass im ersten Stock plötzlich die der Treppe nächstliegende Tür aufflog und der

Elefantenmann ihnen mit einem Besenstiel in den Rücken sprang. Mathesdorf hatte noch nicht nach seiner Waffe gegriffen, als der Schwarze die beiden Männer hinter ihm bereits mit zwei wuchtigen Hieben bewusstlos geschlagen hatte. Lautlos sackten sie auf den Stufen zusammen. Der Unbekannte war einfach an Plagemann vorbei auf die beiden zugesprungen, so dass er nun direkt zwischen ihm und Mathesdorf stand. Nicht zum ersten Mal zögerte Plagemann zu lange mit dem Ziehen seiner Waffe.

Mathesdorf nicht, und gerade als der Schwarze sich dem zurückweichenden Plagemann zuwandte, nahm Mathesdorf ihn ins Visier. Der Elefantenmann packte den Assistenten des Kommissars, der gewiss einen Kopf größer als er selbst war, stemmte ihn hoch und drehte sich langsam herum.

Hinter ihm auf dem Treppenabsatz sah Mathesdorf plötzlich eine gekrümmte Gestalt auftauchen, die von einer wunderschönen Farbigen gestützt wurde. Der Alte!

Für einen kurzen Moment zögerte der Kommissar, dann aber spannte er den Hahn seiner Waffe und zielte auf den Oberkörper des Elefantenmannes. Gleichzeitig trat Mathesdorf, die Waffe im Anschlag, einen Schritt zur Seite, stolperte über das Bein eines seiner bewusstlosen Kollegen und stürzte rücklings die Treppe hinunter. Dabei gelang es ihm mit Mühe, seine Waffe nicht loszulassen.

Kurz darauf landete er fluchend im unteren Flur auf dem Rücken. Augenblicklich richtete er sich wieder auf und fuhr herum, um den Schwarzen ins Visier zu bekommen. Dann sah er den zappelnden Körper Plagemanns auf sich zukommen, den der Elefantenmann einfach vom obersten

Treppenabsatz auf ihn herabgeschleudert hatte und der ihn im nächsten Augenblick zu Boden schmetterte.

Ein Schuss löste sich. Plagemann schrie.

Dann war der Schwarze über ihnen. Er stellte seinen Fuß auf Mathesdorfs Handgelenk, beugte sich zu ihm hinab und versetzte ihm einen Fausthieb direkt aufs Kinn.

Ein einziger Blick offenbarte ihm, dass dies bei seinem Kollegen nicht mehr nötig war. Er winkte die Frau herunter, die ihm langsam und den Alten stützend folgte.

Es war seltsam: Außer dass infolge der polizeilichen Anwesenheit irgendein vietnamesischer Zigarettenhändler aus einem Fenster des ersten Stockes flüchtete und ein betrunkener Afghane mit einer Beretta im Anschlag auf den Flur sprang, schien der Schuss in diesem Haus überhaupt nichts auszulösen, und so gelang es der seltsamen dreiköpfigen Prozession schließlich auch, vor der Ankunft von Mathesdorfs Verstärkung das Haus unbeobachtet über den Hinterhof und durch eines der angrenzenden Gebäude zu verlassen.

* * *

Draußen wurde es dunkel. Von Stahl hatte sich mit einigen seiner Leibwächter in die Küche gesetzt und spielte Karten. Er hatte seinen Humidor um einige exquisite Kubanische erleichtert, einen irischen Single Malt geöffnet und seine Mitspieler großzügig damit versorgt, und während sie zu fünft in seiner Küche pokerten, hatten die übrigen fünfzehn Mitglieder seiner Schutzstaffel sich auf Haus und Anwesen verteilt.

Um seine Sicherheit jedenfalls machte von Stahl sich keine Sorgen mehr. Abgesehen von den Bodyguards waren auf dem Gelände Kameras installiert, und bald würde auch noch die Presse das Haus belagern. Es war unwahrscheinlich, dass sich irgendwelche wahnsinnigen Killer unter diesen Umständen bis zu ihm durchboxten ...

Die meisten Fenster waren hell erleuchtet. Vom Balkon aus beobachteten zwei Männer mit Maschinenpistolen den Garten. Die beiden hatten aus der Küche noch ein paar Zigarren abgestaubt und bliesen den Rauch beiläufig in die Abenddämmerung.

Die dreiköpfige Patrouille, die mit den Hunden im Halbdunkel um das Gebäude schlich und dabei keine derartigen Vergünstigungen genoss, nahm dies ebenso wie das laute Lachen, das aus der Küche drang, mit einem gewissen Unmut wahr. Drei Stunden später hätten sie selbst im Haus Dienst gehabt.

Nach und nach legte die Dunkelheit sich über das Anwesen. Um einundzwanzig Uhr zwanzig verließ Raimund von Stahl die Küche, um sich zu übergeben.

Ungefähr eine Stunde später musste einer der beiden Wachmänner auf dem Balkon von seinem Kollegen wieder aufgeweckt werden. Gegen zweiundzwanzig Uhr vertrieb die Patrouille ein knutschendes farbiges Pärchen von der Außenmauer des Anwesens.

Einige Minuten später gab es einen Stromausfall, und im Haus wurde es mit einem Mal dunkel. Als dieser Zustand anhielt und es ihr nicht gelang, Funkkontakt zu ihren Kollegen herzustellen, begab die Außenpatrouille sich gegen zweiundzwanzig Uhr fünfzehn mit vorgehaltenen Stablampen und Waffen ins Haus.

Hier fanden sie neben Raimund von Stahl all ihre Kollegen tot vor. Sie waren allesamt erstickt.

Kapitel 10

Bilder eines Killers

„Nein, sie müssen ihm nichts ausrichten. Ich will nur wissen, wann er wieder ins Büro kommt."

Schulterdurchschuss. Als Mathesdorf auflegte, wusste er, dass er mindestens eine Woche lang auf Plagemann würde verzichten müssen. Hätte er seinen Kollegen nicht selbst angeschossen, wäre er wahrscheinlich ziemlich sauer auf ihn gewesen.

So jedoch konnte er sich lediglich sicher sein, dass er seine Arbeit in den nächsten Tagen seit längerem wieder einmal selber würde machen müssen. Entsprechend missmutig öffnete er die erste der beiden Akten, die es an diesem Morgen bis auf seinen Schreibtisch geschafft hatten.

Es war der Bericht über die Durchsuchung des Neuköllner Unterschlupfes. Obwohl die meisten Bewohner offensichtlich bis zum Eintreffen der Verstärkung verschwunden gewesen und die Aussagen der Verbliebenen nicht wirklich hilfreich waren, hatten die Kollegen noch einiges herausfinden können. Die Schwarzen mussten ihre Wohnung recht überstürzt verlassen haben.

Sie hatten sie also kommen sehen oder waren gewarnt worden. Mathesdorf würde sich diesen Grauert noch einmal vornehmen müssen. Er war das einzige Bindeglied.

Davon abgesehen waren in dem verlassenen Unterschlupf auch noch einige Notizen gefunden worden. Das wichtigste war dabei eine Liste von Namen, auf deren erster Seite neben Jan van de Groth und Raimund von Stahl noch zwei weitere Namen standen: Jaques Lazar und Piet Opderdijk waren, wie die Kollegen inzwischen herausgefunden hatten, beide Industrielle, deren Wurzeln, wie auch die der bisherigen Opfer, in Ostafrika lagen. Beide Männer waren bereits ausfindig gemacht und gewarnt worden.

An diesem Schriftstück jedoch gab es noch etwas Anderes, etwas sehr Beunruhigendes, nämlich die Überschrift dieser ersten Seite. Sie lautete: Allemagne.

Die Überschriften der folgenden Seiten lauteten France, Pays Bas und Angleterre. Darunter fand sich eine Liste von insgesamt zwanzig Namen. Offensichtlich war geplant, noch einige andere Länder mit diesem unsäglichen Problem heimzusuchen.

Mathesdorf fragte sich, weshalb diese Leute nicht einfach woanders angefangen hatten. Er konnte sich vorstellen, was geschehen würde, wenn sie hier alles abgehakt hatten und das Problem exportierten. Niemand anderer als er, Jochen Mathesdorf, würde dann in den Augen der Öffentlichkeit der Schuldige sein.

Er betrachtete die Liste genauer: Die Namen der bisherigen Opfer waren durchgestrichen, und was ihn dabei nicht wenig erstaunte, war die Tatsache, dass der Name Wittgensteins fehlte. Der erste Impuls des Kommissars war, den Bericht wie üblich zu schließen und auf Plagemanns Schreibtisch zu legen. Aber als ihm kurz darauf klar wurde, wie sinnlos das in diesem Fall war, fragte er sich ernsthaft, wann Plagemann zum letzten Mal Urlaub gemacht hatte.

Er konnte sich nicht erinnern, je in einer solchen Situation gewesen zu sein. Schweren Herzens legte er die Akte zurück auf seinen Schreibtisch und zog dann die zweite darunter hervor.

Es war die Akte von Stahl. Dessen vorübergehendes Überleben im Golfclub hatte offenbar etwas mit einem farbigen Caddy zu tun, der während seines Todeskampfes zu ihm in den Schatten des Schirmes getreten war. Aber auch die Befragung des Jungen hatte nicht mehr als das frühere Gespräch mit von Stahl ergeben.

Die Umstände seines kurzzeitigen Entkommens waren das eine, daraufhin folgte der Bericht über seine und die Todesumstände von fünfzehn Sicherheitsmännern. Ihr Leben war den Tätern offensichtlich nicht soviel wert gewesen wie das des kleinen Farbigen.

Als Mathesdorf mit dem Studium dieses Teiles begann, erwartete er nicht, darin etwas Neues zu entdecken. Lustlos begann er, darin herumzublättern.

Nicht einmal das knutschende schwarze Pärchen erstaunte ihn. Der Stromausfall war interessant, aber im Rahmen der jüngeren Vergangenheit kaum bemerkenswert. Im Dunkeln schien es sich besser zu töten. Zumindest für diese Leute.

Wenig später entdeckte Mathesdorf doch noch etwas, mit dem er nicht gerechnet hätte. Im Haus und auf dem Grundstück von Stahls hatte es Kameras gegeben. Diese liefen über ein unabhängiges Netz, das von den Stromausfällen nicht betroffen gewesen war. Aber das Auffällige waren den ersten Untersuchungen der Bänder zufolge nicht die normalen Kamerabilder. Laut Bericht gab es ungleich aufschlussreichere Aufzeichnungen. Auf einem kleinen Klebezettel bat man Mathesdorf jedenfalls, sich nach Einsicht der Akten umgehend im filmischen Labor zu melden. Kaum hatte er diese Notiz gelesen, ärgerte er sich vornehmlich darüber, dass er diese Akte nicht als erstes zur Hand genommen hatte.

* * *

Grauert schwang sich vom Fahrrad und kettete es an ein Straßenschild. Die Fassade des bezeichneten Hauses war unscheinbar, gerade so wie man es von einer billigen Pension wohl auch erwartet hätte.

Der Name war ebenso klangvoll wie sinnlos: Haus Weidenschatten. Hier hatte die Panthergöttin nach ihrer Flucht ein Zimmer bezogen.

Er hatte sie spät abends noch einmal angerufen, um zu erfahren, ob ihnen die Flucht vor der Polizei gelungen war. Sie hatte sich hier ein Gespräch unter vier Augen erbeten, und er selbst erachtete das für überaus angebracht, zumal er inzwischen über das Radio vom Tode von Stahls am vergangenen Abend erfahren hatte. Was für eine Rolle diese Frau in diesem finsteren Spiel auch spielte, diese Tode mussten ein Ende haben. Egal, ob gestohlene Götter oder ein zorniger afrikanischer Eingeborenenstamm dahinter steckten. Dieser und all die anderen Fälle, selbst das, was Minguez über die Wasanias geschrieben hatte, all das musste einen Zusammenhang haben, und Grauert war sicher, dass die Schwarze und ihre Begleiter, allen voran der Elefantenmann, diesen Zusammenhang kennen mussten. Aber dabei war sie die Einzige, mit der er sprechen konnte.

Wiedersehen wollte er sie ohnedies, und um diesen seltsamen Ereignissen Einhalt zu gebieten, würde er sie zur Rede stellen müssen. Zunächst meldete er sich an der Rezeption, erfuhr dort, dass er bereits erwartet wurde und das betreffende Zimmer sich im zweiten Stock befände, und während Grauert nachdenklich die Treppe emporstieg, wurde ihm eines plötzlich klar: Wenn er ehrlich war, würde es ihm bereits reichen, das Ganze zu verstehen.

Vor allen anderen. Vor der Polizei, vor der Presse. Wenn es darauf ankam, das ahnte Grauert, würde seine Neugier mit Sicherheit über seine Moral triumphieren, und die Polizei würde seine Neugier kaum befriedigen.

* * *

Als Mathesdorf im Keller die Tür zum filmischen Labor aufriss, grinste ihm von drinnen bereits das fleischige Gesicht von Trondts entgegen. Der Chefpathologe saß in einem Schwingsessel neben dem Filmsachverständigen. Zabel war ein Faktotum. Mathesdorf wusste nicht einmal, ob er einen Vornamen hatte. Aber da war der Kommissar nicht der einzige. Oben nannte man den Filmsachverständigen nur den Zabel. Er arbeitete schon seit gut zwanzig Jahren hier unten, und Mathesdorf hatte ihn während seiner Zeit im Morddezernat höchstens zweimal oben gesehen. Wenn er sich recht entsann, war es bloß gewesen, wenn Zabel irgendetwas für seinen Technikkeller gebraucht hatte.

Hier unten war der Kommissar tatsächlich noch nie gewesen. Staunend betrachtete er die Stahlrohrregale, es waren gewiss ein Dutzend, die allesamt randvoll waren mit Videokassetten, und das war offensichtlich nur der private Teil von Zabels Sammlung ...

Im Gegensatz zu Mathesdorf hockte von Trondt mit einer solchen Selbstverständlichkeit hier unten, dass Mathesdorf einfach annehmen musste, dass der Pathologe tatsächlich häufiger Zabels Gast war. Auch die Dose Bier und die Schüssel Kartoffelchips legten diese Vermutung nahe.

Vor den beiden an der Wand spannte sich neben einem Regal, in dem sich Abspielgeräte für Betamax, VHS und digitale Formate stapelten, eine größere mobile Leinwand. Ihr gegenüber surrte ein Videobeamer, und das, was die beiden Männer sich gerade ansahen, soviel konnte Mathesdorf erkennen, waren mit Sicherheit nicht die Bänder aus von Stahls Überwachungskameras. Dann bedeutete von Trondt dem Filmtechniker, den Film anzuhalten und widmete seine Aufmerksamkeit, kaum dass er Bier und Chips in einem Schrank hatte verschwinden lassen, ganz dem Kommissar.

„Hellraiser. Großartiger Film. Zumindest der erste."

„Schön. Aber was ist mit den Bändern?" Mathesdorf hielt die Akte von Stahl hoch.

„Plagemann ist für gewöhnlich schneller ...", meinte Zabel und begann, kaum dass er den Videobeamer abgeschaltet hatte, langsam die Leinwand zusammenzurollen.

„Apropos Plagemann, wie geht es ihm?"

„Ist in zwei Wochen wieder da. Was ist jetzt damit?" Mathesdorf wies noch einmal betont auf die Akte.

„Sofort." Während Zabel einige Knöpfe drückte und ein paar Kabel umsteckte, grinste von Trondt den Kommissar seltsam zufrieden an.

„Schon Fortschritte?"

Mathesdorf ignorierte ihn. Von Trondt hatte gut lachen. Er war so gut wie raus aus dem Spiel und würde wahrscheinlich allenfalls zu den Zuschauern gehören, wenn die Öffentlichkeit Mathesdorf ans Kreuz nagelte.

Statt zu antworten, schritt der Kommissar die Regale ab. Überwiegend Pornographie und Horror, dazwischen ein paar Actiontitel. Zabel schaute sich nach ihm um.

„Hauptsächlich beschlagnahmte Titel, Herr Kommissar, und natürlich meine eigene Sammlung. Wenn Ihnen etwas zusagen sollte, nur voran, keine falsche Scheu. Jeder Film drei mickrige Euro pro Tag, und wenn Sie drei nehmen, gibt es einen umsonst."

Während Mathesdorf sich fragte, ob Zabel das gerade Gesagte ernst gemeint hatte, wandte der Techniker sich schon wieder den Abspielgeräten zu, und während der Kommissar noch nachdachte, flimmerte auf einem kleinen Kontrollmonitor bereits das Bild vierer Überwachungskameras, und Zabel schnitt ein anderes Thema an: „Das ist eins von vier Bändern. Auf dem Gelände sind acht Kameras modernerer Bauart installiert, von denen jede auf zwei verschiedene Arten aufzeichnet. Was wir hier sehen, sind die normalen Aufzeichnungen."

Die Bilder der heiteren Pokerrunde waren beinahe stimulierend. Von Trondt jedenfalls entlockten der Whisky und die Zigarren ein Lächeln.

„Abgesehen von ihrem mäßigen Unterhaltungswert taugen diese Bilder jedoch spätestens ab dem Stromausfall nichts." Zabel sprach, ohne jemanden anzuschauen. Dann beugte er sich vor und spulte bis zum Stromausfall.

Das einzige, was danach zu erkennen war, waren die Lichtkegel zweier Taschenlampen, die einige der Sicherheitsleute augenscheinlich noch hatten greifen können. Kurz darauf begannen die Lichtquellen, wild hin und her zu zucken, dann rollten die Lampen über den Boden.

Innerhalb der Lichtkegel war außer einigen am Boden liegenden Körpern nichts zu erkennen, und kaum dass die Stablampen still lagen, schaltete Zabel das Gerät ab, um ein anderes Band in ein paralleles Abspielgerät einzulegen.

„Wie gesagt, soweit nutzlos. Zumindest diese Aufnahmen. Aber die anderen ..."

Als er das Band einschaltete, staunte Mathesdorf. Das waren keine gewöhnlichen Bilder. Er hatte so etwas noch nicht oft gesehen, aber wenn ihn nicht alles täuschte, dann handelte es sich um ...

„Genau. Infrarot. Der Mann verstand es offenbar, sein Geld sinnvoll zu investieren. Zumindest, was unsere Belange angeht. Für den täglichen Gebrauch, selbst in Sachen Sicherheit, sind solche Aufnahmen totaler Mumpitz. Wem immer es gelungen ist, dem Mann dieses System zu verkaufen, könnte einem Beinamputierten wahrscheinlich Schlittschuhe verkaufen."

„Aber was verrät uns dieses Infrarotzeug?"

Nun rutschte auch von Trondt näher.

„Ob du es glaubst oder nicht, wir haben es mit Sicherheit schon ein paar Dutzend Mal gesehen, aber was es bedeutet, wissen wir nicht."

„Genau." Zabel lehnte sich zurück und griff nach der offenen Dose Bier unter seinem Sessel. Die ganze Zeit über hatte er weder den Kommissar noch von Trondt auch nur für einen Augenblick angeschaut.

Auf dem Infrarotband waren zunächst vor allem die Körper und die Lampen zu erkennen. Irgendwann bedeutete Zabel dem Kommissar das Einsetzen des Stromausfalls, und staunend konnte Mathesdorf beobachten, wie sich die farbige Darstellung der langsam abkühlenden Lampen veränderte und plötzlich Bewegung in die bunten Schemen kam. Zunächst sprangen sie auf und irrten dann im Dunkel umher, und es war ihm ein Leichtes, Position und Lage der beiden Männer mit den Taschenlampen auszumachen.

Plötzlich aber passierte etwas Unerwartetes. Das dunkle Blau, das den größten, kühleren Teil des Raumes ausmachte, wich jäh einem dunklen Grün. Offensichtlich war es mit einem Mal wärmer im Raum geworden. Von Trondt schien beinahe zu wissen, was Mathesdorf in diesem Augenblick dachte.

„Glaube mir, wir haben auch keine Ahnung, was das soll ..."

Nun war es von Trondt, der sich vorbeugte, das Band zurückspulte und auf langsamen Vorlauf stellte, und tatsächlich war kurz darauf zu sehen, wie das dunkle Grün förmlich in das Innere des Hauses hineinschwappte, es buchstäblich in Besitz nahm und sich dabei nach und nach über die einzelnen Körper legte. Zabel hielt das Band an.

„Was immer es ist, es hat eine Eigentemperatur von etwa achtundzwanzig Grad Celsius. Achten Sie auf die Taschenlampen!"

Kurz nachdem der Film wieder lief, brachen die ersten Personen auf den Monitoren zusammen und krümmten sich am Boden, und während ihre Bewegungen langsamer wurden, erkannte Mathesdorf, was der Filmtechniker meinte: Es konnte keine Wärme sein. Im Bereich des Scheines der Taschenlampen, auf zwei vielleicht dreißig Zentimeter breiten Bahnen, war das dunkle Blau beinahe unverändert ... Zabel spulte noch einmal vor.

„Das ist der Punkt, wo das Licht wieder angeht."

Das Grün schien auf einen Schlag zurückzuweichen und begann, sich auf einen einzigen Punkt zu konzentrieren.

Auf dem parallel laufenden normalen Band war dieser betreffende Punkt als Schatten einer massiven Skulptur, eines kleinen, schlafenden Fauns unweit der Küchentür, zu erkennen. Von Trondt stieß den Kommissar aufgeregt an.

„Das ist Akt II unseres seltsamen Versteckspiels. Aber warten Sie, es kommt noch besser!"

In diesem Augenblick betrat, wie auf dem normalen Band zu erkennen war, die Außenpatrouille die Küche, die Waffen im Anschlag. Das Infrarotband zeigte noch etwas anderes: Während die Männer die Skulptur passierten, glitt das dunkle Grün aus ihrem Schatten in den eines der Sicherheitsbeamten hinüber, in dem es den Raum kurz darauf auch verließ. Mathesdorf kroch förmlich in den Monitor.

Die anderen beiden blickten einander vielsagend an, und dann formulierte der Kommissar die alles entscheidende Frage: „Was zum Teufel ist das?“

Achselzuckend sank von Trondt in seinen Schwingsessel zurück.

„Nichts, wofür wir eine Abteilung hätten ...“

* * *

Es musste ihr tatsächlich gelungen sein, ihre beiden männlichen Begleiter abzuschütteln. Jetzt jedenfalls war Grauert allein mit ihr auf dem Zimmer.

Sie saß auf dem Bett, er ihr gegenüber in einem schlichten dunklen Sessel neben dem Fenster. Den Impuls, sich einfach neben sie zu setzen, hatte er nur mit Mühe unterdrücken können.

Grauert blickte sie an. Ihre beinahe schwarze Haut war ein vollkommener Kontrast zu dem hellen Spitzenbettbezug, und wie sie dort saß, ihn ansah und ihre Finger über das makellose Weiß des Stoffes spreizte, hatte beinahe etwas Laszives. Er war sich durchaus bewusst, dass dieser Gedanke seinem Wunschdenken entspringen konnte. Aber was immer in diesem Moment auch in ihm oder ihr vorgehen mochte, es war ihm vollkommen unmöglich, ihr Verhalten einzuordnen.

Unterdessen ruhte ihr Blick die ganze Zeit über auf ihm, und der Bernstein ihrer Augen funkelte ihm herausfordernd entgegen. Sie trug ein kurzes Leopardenkleid, das die Möglichkeit nahelegte, ihr zumindest guten Geschmack abzusprechen.

Tatsächlich aber machte es sie in seinen Augen inmitten überwiegend nichtssagender Menschen vor allem anderen unauffällig. Hier aber befand sie sich nicht unter Menschen.

„Ich möchte Ihnen danken, Herr Grauert. Nach unserer ungestümen Begrüßung bei unserem ersten Zusammentreffen war das, was Sie gestern getan haben, alles andere als selbstverständlich."

„Na ja, ich dachte mir ..."

„Es ist mir bewusst, dass sie dafür auch etwas erwarten."

Sie warf ihr Haar zurück, so dass sein Blick auf ihren makellosen Hals und das darum liegende, dunkle Lederband fiel und ihm weiß Gott einige Dinge in den Kopf kamen, die er verdammt gerne von ihr bekommen hätte. Seine Mundwinkel hoben sich zu einem zweideutigen Lächeln, das ihm aber einen Moment später, als sie unverwandt aufstand, schon wieder verging.

Als ihre dunklen Hände im nächsten Augenblick zu ihren Schultern emporfuhren und die Träger ihres Kleides mit einer entschiedenen Bewegung abstreiften, lag in ihren Augen etwas beinahe Raubtierhaftes, und als sie schließlich noch einen Schritt auf ihn zutat, rutschte das Kleid zwei unglaubliche Brüste enthüllend bis auf ihre Hüfte hinab. Ihre Haut, deren dunkler Schimmer nahezu etwas Unwirkliches hatte, roch nach fremden Gewürzen, und Grauert wurde heiß, zumal abzusehen war, dass das Kleid noch weiter rutschen würde – und tatsächlich lag es, kaum dass sie bei ihm anlangte und ihre weichen Lippen sachte auf die seinen presste, zu ihren Füßen.

Darunter war sie nackt, und gierig drängte sie sich an ihn, löste ihren Mund von dem seinen und blitzte ihn herausfordernd an. Ohne den Blick von ihm abzuwenden, griff sie ihm fordernd zwischen die Beine, und Grauert konnte sich beim besten Willen nicht daran erinnern, jemals eine solche Erektion gehabt zu haben. Aber er entsann sich dunkel, wie so etwas für gewöhnlich lief.

Er legte eine Hand in ihren Nacken und riss sie zu sich herab. Durch sein Hemd konnte er ihre Brustwarzen spüren, und der kleine Lederbeutel, der um ihren Hals baumelte, schlug gegen seine Brust, als er plötzlich seine Zunge zwischen ihre Lippen drängte, während er sich mit der Linken in ihre Hüfte krallte.

Sie ließ sich zu ihm in den Sessel sinken und nutzte ihr letztes bisschen Bewegungsfreiheit, ihn aus seiner Hose zu befreien. Im Aufstehen schob er seine Hand unter sie und hob sie aufs Bett.

Da lag sie, die fleischgewordene Manifestation seiner feuchten Träume, und räkelte sich vor seinen Augen. Ein vollkommener, dunkelhäutiger Körper, der sich nach ihm verzehrte, Lippen, die nur darauf warteten, seinem Körper zu dienen, zwei Brüste in Vollendung, und die Luft verhangen vom Geruch fleischlicher Gelüste.

Ein schmaler Streifen schwarzen Haares deutete auf das Ziel seiner Begierde, wo ihm aus dem Dunkel eine rosig feuchte Ahnung der kommenden Stunden entgegenschimmerte. Als Grauert kurz darauf beinahe mühelos in sie eindrang, hatte er für den Moment vollkommen vergessen, was mit Wittgenstein geschehen war, was in den letzten Tagen überhaupt geschehen war, dass Mathesdorf und seine Leute hinter ihm her waren und irgendetwas dort draußen Leute umbrachte.

Aber das alles spielte in diesem Augenblick auch keine Rolle. Er hatte den Sex zweier Jahre nachzuholen. Zumindest den zweisamen Teil.

Kapitel 11

Weiterführende Pläne

Als Mathesdorf die Sonderbesprechung eröffnete, war es sieben Uhr morgens. Zumindest er und von Trondt hatten seit dem Vortag kein Auge zugetan, und im Lauf dieser Nacht war dem Kommissar eines klar geworden: Sollte er diesen Fall in den Sand setzen, würde er es kaum mehr Plagemann in den Gips schieben können. Wenn er im Zuge dieser Ermittlungen unterging, dann mit jedem einzelnen Toten der letzten Tage als Ballast an den Füßen und in ein mindestens mal bodenloses Karriereloch.

Zum ersten Mal seit langem musste Mathesdorf sich dazu zwingen, einen Fall ernsthaft bearbeiten zu wollen, und er erinnerte sich an irgendeine frühere Form der Motivation, die seine Karriere einst nicht unwesentlich beschleunigt hatte ... zwischen zwei und drei Uhr morgens war es ihm dann zwischen Schlafentzug und Dosenbier irgendwie gelungen, etwas von dieser früheren Motivation wiederzubeleben. Inzwischen hatte er Plagemann einen Strauß gelber Tulpen geschickt und war vor allem entschlossen, diesem verdammten Ding – was immer es auch sein mochte – den schattigen Arsch aufzureißen.

Während der Nacht hatte man die überlebenden Mitglieder der von Stahlschen Schutztruppe eingehend untersucht. Von Trondt und sein Team hatten ihre Mägen gespiegelt, ihre Innereien durchleuchtet, ihnen an den Sack gefasst und sie vor ihren Infrarotkameras tanzen lassen.

Zusammen mit drei Kollegen hatte von Trondt die gesamte Pathologie in ein nächtliches Behandlungszimmer verwandelt und vor dem bizarren Hintergrund chromgebürsteter Leichenschübe, auf Bahren, die sonst nur tote Körper kannten, in lebenden nach einer Antwort gesucht. Das Ergebnis war jedoch kaum befriedigend gewesen.

Nichts deutete darauf hin, dass dieses Ding noch da war. Zumindest nicht hier.

Fakt aber war, dass sie es gesehen hatten, und aus dem, was sie gesehen hatten, konnten sie zumindest einige Schlüsse ziehen. Bereits in den frühen Morgenstunden hatte Mathesdorf sich entgegen seiner Art bezüglich der Aufklärung dieses Falles telefonisch um einige Sonderbefugnisse bemüht. Nach wie vor hätte er sich Plagemann an seiner Seite gewünscht, der das Ganze im Zweifelsfall ungleich souveräner angegangen wäre. Aber tatsächlich hatte auch er allein innerhalb der letzten Stunden unter Mithilfe von Trondts einen Stab von Männern zusammengestellt, denen er zutraute, dass sie sich mit den gewonnenen Erkenntnissen mit gewissen Erfolgsaussichten auf die Jagd nach einem tödlichen Phantom machen könnten.

Diese kurzfristig gebildete Sondereinheit bestand aus einem Dutzend besserer Antiterrorleuten, einigen handverlesenen Männern von Trondts und zuletzt Raumer und Kinsky, zwei Angehörigen irgendeiner Behörde, die dem Kommissar nach dem Telefonat mit der Stelle zugewiesen worden waren, welche ihm die nötigen Sonderbefugnisse zur Bildung der Einheit erschlossen hatte. Sie alle saßen an diesem Morgen im Konferenzraum des Reviers.

Die Luft war von einer seltsamen Spannung erfüllt, die richtige Motivation aber hatte sich noch nicht eingefunden. Durch die senkrechten Lamellen der Vorhänge versicherte die langsam aufgehende Sonne die Männer ihrer baldigen Teilnahme, während eine Sekretärin die Tür aufstieß und inmitten der Pappbecher, Zuckertüten und Plastiklöffel zwei riesige Kannen Kaffee auf den Konferenztisch wuchtete.

Zumindest wusste man an diesem Tisch, worum es ging und begriff natürlich, dass es hier Lorbeeren zu verdienen gab, die anderswo kaum hätten geerntet werden können. In diesem Bewusstsein hatte sich ein seltsames Schweigen über den Raum gelegt.

Die Anwesenden musterten einander aufmerksam, betrachteten die Männer, auf deren uneingeschränkte Hilfe sie angewiesen sein würden, Wegbegleiter, Konkurrenten, für die nächste Zeit und ihren Kampf gegen irgendetwas, über das sie innerhalb der nächsten Minuten bereits mehr erfahren sollten. Die müden Augenpaare ruhten auf Mathesdorf, der mit von Trondt neben dem Fernsehrollwagen mit dem

Videorecorder stand. Mit einer vielsagenden Miene versicherte der Kommissar sich der Aufmerksamkeit der Anwesenden und schob dann endlich mit einer entschiedenen Bewegung die Kassette in den Videorecorder.

In ihren Kaffeebechern rührend starrten sie alle wie gebannt auf den flimmernden Bildschirm. Doch als der Vorlauf des Films seinen ersten Bildern wich, schienen die Bilder keinen der Anwesenden sonderlich zu beeindrucken. In diesem Moment hätte Mathesdorf sich Plagemann mehr noch als sonst zurückgewünscht: Vom Bildschirm flimmerte den Anwesenden in diesem Moment der erste Teil von „Hellraiser" entgegen.

* * *

Grauert wachte auf. Kein Zweifel, dies war die gleiche billige Pension, vor der er am Abend zuvor sein Fahrrad angeschlossen hatte und wo er, wenn er sich recht entsann, die wahrscheinlich aufregendste Nacht seines Lebens verbracht hatte.

Aber die Frau seiner Träume lag nicht mehr neben ihm. Er lag allein inmitten der nassgeschwitzten Laken und konnte sie nirgends entdecken, selbst als er die Augen aufschlug und sich umschaute. Vielleicht war sie im Bad. Er rief ein leises „Hallo?" in den Raum.

Doch er bekam keine Antwort. Sie schien wirklich fort zu sein.

Er selbst war beim besten Willen auch kein Medaillenkandidat für postkoitale Zärtlichkeiten, aber bis zum Frühstück war er in der guten alten Zeit doch immer irgendwie geblieben ... außerdem wunderte er sich zumindest ein wenig darüber, wo denn der Elefantenmann abgeblieben sein mochte. Es passte irgendwie nicht ins Bild, dass ein solcher Typ ihn und seine Frau die Nacht durchbumsen ließ und derweil draußen vor der Tür seelenruhig seine drei, vier Schachteln Zigaretten rauchte.

Grauert richtete sich auf und schwang die Beine aus dem Bett. Aber was kümmerte es ihn, warum diese Leute taten, was sie taten? Bei ihr hatte er schließlich auch nicht nach gefragt.

Er stand auf und schlurfte Richtung Bad, wobei er sich an einer leicht geöffneten Tür der Schrankwand mit aller Gewalt den Zeh stieß. Fluchend griff er nach der Tür und knallte sie wütend zu.

Auf seinen Fuß hinunter blickend musste er feststellen, dass er blutete. Verdammt.

Ein dicker, dunkler Blutstropfen trat direkt neben dem Nagelbett hervor, quoll zwischen Nagel und Zeh und troff schließlich über seine Spitze auf den hellen Teppich. Mit der Ferse versuchte er, den Fleck zu verwischen.

Dann humpelte er ins Bad hinüber, wo er ein wenig Klopapier befeuchtete. Etwas davon wickelte er sich, bevor er seinen Fuß fluchend in eine Socke schob, um den schmerzenden Zeh, mit dem Rest hastete er zurück zur Schrankwand.

Er wollte nicht, dass die Frau seinetwegen Ärger bekam. Vor allem nicht, wenn er sich vorstellte, dass eine Nacht wie die vergangene sich wiederholen könnte.

Nachdem er den Fleck auf Knien halbwegs hatte entfernen können, sammelte er seine Klamotten ein. Er hätte es inzwischen durchaus für möglich gehalten, dass sein Portemonnaie verschwunden war. Doch stattdessen entdeckte er ein Zettelchen, das halb in eine Gesäßtasche geschoben war. Es war eine Nachricht für ihn.

„Wenn du noch immer Antworten willst, komm um einundzwanzig Uhr dreißig in den Bunker am U-Bahnhof Gesundbrunnen. Der Eingang liegt direkt an der Treppe. Sag, Mama M'Guyu schickt dich."

Plötzlich erinnerte er sich, weshalb er eigentlich hierher gekommen war. Tatsächlich war es ihm eigentlich um Antworten gegangen. Das Sexding hatte schließlich sie allein eingefädelt. Wenn er ehrlich war, konnte er sich nicht einmal erklären weshalb. Seinen umwerfenden Sex-Appeal jedenfalls hatten Frauen beinahe jeden Alters und jeder Nationalität bisher immer ignoriert, solange er ihnen nicht den ein oder anderen Schein zugesteckt hatte.

Grauert schob den Zettel nachdenklich in seine Hosentasche und verließ das Apartment. Was auch immer geschehen würde, an diesem Abend jedenfalls hatte er etwas vor.

* * *

Das Briefing war vorbei. Nachdem er gegen acht Uhr dreißig das richtige Video aus dem Keller hatte holen müssen, waren Zabel zum ersten Mal Zweifel an seiner Videoregistration gekommen. Das war für die meisten Anwesenden jedoch weit weniger bedeutsam als das plötzliche Bewusstsein, dass man es hier augenscheinlich doch nicht mit irgendetwas völlig Unfassbarem zu tun hatte.

Es war keine Seuche, kein Fluch. Lediglich etwas, das am Rande der Rationalität zu liegen schien, aber dabei schien es gewissen Gesetzmäßigkeiten zu folgen und hatte letzten

Endes zumindest eine Form, und wenn es eine Form besaß, dann würde diese auf die ein oder andere Weise auch angreifbar sein.

Sie hatten die Bänder immer wieder durchlaufen lassen, hatten von Stahls Schutzstaffel immer wieder sterben sehen, um es zu verstehen, seinen wunden Punkt herauszufinden. Die Auswertung aller in der Villa aufgenommen Bänder jedenfalls legte die Vermutung nahe, dass die Schwachstelle des Phänomens etwas mit Licht zu tun hatte, zumindest, wenn sie die Bilder richtig interpretiert hatten.

Agieren schien es grundsätzlich nur im Schatten zu können, wobei es sich augenscheinlich auf jede beliebige Fläche auszudehnen vermochte, sofern diese im Dunkeln lag. Wenn auch diese Beobachtung richtig war, würde es sich im Schatten einer Streichholzschachtel ebenso wie in dem eines Wolkenkratzers verbergen können. Je größer der Schatten, in dem es sich verbarg, desto größer die Gefahr. Denn wer immer in diesen Schatten geriet, war dem Phänomen schutzlos ausgeliefert.

Der Einbrecher und die Sicherheitsleute auf dem Wittgenstein-Anwesen. Der windige Börsenmakler im nächtlichen Schatten des Adlon, die Rentnerin und ihr Hund im dunklen Treppenhaus, der Diamantenhändler in seinem nächtlichen Büro und natürlich von Stahl und ihre eigenen Männer. Es hatte sie alle im Dunkeln, im Schatten, geholt. Das waren die Umstände, unter denen es tötete.

Warum es das tat und wie man das sinnlose Morden würde unterbinden können, wussten sie hingegen noch nicht. Aber die Tatsache, dass die letzten Todesfälle ganz offensichtlich koordiniert gewesen waren, legte wiederum nahe, dass man dieses Phänomen auf irgendeine Art kontrollieren konnte, genau genommen, dass jemand es kontrollierte, benutzte.

Die von Mathesdorf angeforderten Infrarotsichtgeräte, zwei Dutzend, waren noch im Verlauf des Vormittages eingetroffen. Soweit möglich hatten sie nach der Sitzung versucht, sich praktisch vorzubereiten, hatten ihre Sturmgewehre mit Halogenstrahlern bestückt und eine Art Strategie entwickelt, wie sie sich mit dem Licht gegenseitig decken konnten.

Am frühen Abend musste die neue Sondereinheit sich aufteilen. Ihr nächstes Ziel war die Sicherung der Zielpersonen Opderdijk und Lazar.

* * *

Der Elefantenmann beobachtete die Wohnung Jaques Lazars. Er stand im Treppenaufgang eines benachbarten Hauses und beobachtete durch ein Fernglas die Wohnzimmerfenster des Apartments.

Es würde schwer sein, konnte kaum gelingen, ohne die Wohnung selbst zu betreten. In dem Haus gab es zu viele Parteien, die nichts mit der Sache zu tun hatten.

Bis an die Wohnungstür heranzukommen, würde nicht leicht werden. Sie hatten Lazar inzwischen ebensoviele Leute an die Seite gestellt wie seinerzeit von Stahl, und es gab kein Grundstück, an dessen Rand der Schattenschläfer hätte geweckt werden können ...

Opderdijk würde aller Wahrscheinlichkeit nach einfacher zu kriegen sein. Sein Grundstück hatte Tembo die halbe Nacht über beobachtet, während sichergestellt war, dass zumindest Grauert ihn nicht störte. Die Art jedoch, wie sie seine Neugier unterbunden hatten, gefiel dem Afrikaner nicht. Aber es war nicht das erste Mal, dass seine Ehefrau etwas tat, das seinen Unmut weckte.

Darum ging es aber nicht. Nicht hier, nicht jetzt.

Es ging darum, die Männer zu bestrafen, die ihrer Heimat die Seele gestohlen hatten. Ihr Tod würde dem Schwarzen Kontinent seinen Frieden zurückbringen ...

Opderdijk, der augenscheinlich auf die ergriffenen Schutzmaßnahmen vertraute, bewohnte ein kleines Haus in Wilmersdorf, das im Gegensatz zu dem von Stahls inzwischen weiträumig abgeriegelt worden war. Das jedoch würde weniger ein Hindernis sein als die Wohnsituation Lazars. Schließlich wollten sie den Tod Unschuldiger nach Möglichkeit vermeiden.

Als er plötzlich von der Haustür her ein Geräusch zu hören glaubte, ließ Tembo das Fernglas sinken und wollte es in den Falten seiner leichten Windjacke verschwinden lassen, als ihm eine Hand dazwischen fuhr und ihm das Fernglas entriss, bevor er es hatte wegstecken können. Es war seine Frau.

Ihr Blick war ernst, beinahe verbissen, als sie das Fernglas an ihre großen, braunen Augen hob und auf das Wohnzimmerfenster Lazars einstellte. Tembo schluckte seinen Ärger hinunter und starrte auf die gegenüberliegende Wand des Treppenhauses.

Was immer aber auch geschah: Letzten Endes würde nichts diese beiden Männer vor ihrem unabwendbaren Schicksal bewahren. Die neue Zeit war eins geworden mit der alten.

Der Schattenschläfer war wieder in den Händen des Wächters.

Kapitel 12

Kleiner Weltentausch

Als Grauert mit der U-Bahn am Bahnhof Gesundbrunnen ankam, war es Viertel nach acht. Schon beim Ausstieg schaute er sich um, versuchte, auf dem Bahnsteig etwas Ungewöhnliches auszumachen – vielleicht den Elefantenmann, der ihn mit einer Zigarette im Mundwinkel und einem Totschläger hinter dem Rücken erwartete, oder sie, mit dem gleichen Glänzen in den Augen, mit dem sie ihn am Vorabend aufs Bett gezogen hatte.

Aber da war niemand. Nichts Außergewöhnliches. Nicht mal ein Schnorrer.

Bevor er losgefahren war, hatte er noch einmal auf dem Revier angerufen. Er hatte wissen wollen, ob Mathesdorf und seine Leute so etwas wie eine Spur hatten. Es wäre schließlich nicht besonders gut gewesen, wenn sie ihn hier unten erwischt hätten. Doch der Kommissar hatte keine Zeit für ihn gehabt, aber den Aussagen dieses Mannes nach stand die Abteilung kurz davor, den Fall aufzuklären. Wörtlich hatte er gesagt, Mathesdorf ist mit einigen Leuten auf Schattenjagd. Mit dieser Bemerkung hatte Grauert nicht sonderlich viel anfangen können, aber zumindest hatte der Beamte mit keinem Wort die Schwarzen erwähnt, und nicht zuletzt darum fühlte Grauert sich auf diesem U-Bahnhof vergleichsweise sicher.

Er quälte sich zwischen einigen Leuten die Treppe empor. Von oben schlug ihm bereits die kalte Abendluft entgegen, und die Leute zogen ihre Mäntel zu.

Auf dem ersten Treppenabsatz fand er sie. Es war eine massive Stahltür, die mit zwei stählernen Riegeln von innen verriegelt und von außen mit einem Sicherheitsschloss versehen werden konnte.

Grauert stellte sich in eine Ecke, wartete bis die Leute an ihm vorbei nach oben geströmt waren und begab sich dann zu der Tür hinüber. Er legte sein Ohr an das kühle Metall, versuchte, irgendetwas dahinter auszumachen.

Aber da war nichts, rein gar nichts zu hören. Er beschloss zu klopfen, zweimal, einmal und noch zweimal, und tatsächlich begann sich kurz darauf einer der eisernen Riegel von innen her zu regen. Dann der zweite, und plötzlich öffnete sich die schwere Stahltür mit einem verhaltenen Knarren. Dahinter lugte ein Schwarzer mit Augenklappe hervor. Quer über sein Gesicht lief eine rosafarbene Narbe, die sich einem grotesken Wurm gleich vom Dunkel seiner Haut abhob. Eine Hand des Mannes lag auf der Tür, die andere hielt er hinter seinem Rücken verborgen. Grauert hätte schwören können, dass er dort einen Revolver oder zumindest eine Machete verborgen hielt. Seine Augen verrieten es. Sie schienen ihm zuzuraunen: „Komm, versuch's nur ..."

Verwundert hob der Türsteher die Braue seines verbliebenen Auges. Grauert versuchte, seinem Blick standzuhalten.

„Mama M'Guyu schickt mich."

Mama ... alles in ihm sträubte sich dagegen, die Frau so zu nennen. Er war in ihr gewesen, hatte sie geschmeckt. Mama ... als er es aussprach, schüttelte er kaum merklich den Kopf.

Schweigend gab der Türsteher den Weg frei und wies ihm den Weg ins Innere.

Vom Eingangsraum gingen drei weitere Türen ab, und hinten rechts führte eine Treppe nach unten. Zögernd betrat Grauert den nur vom Licht einiger Kerzen erhellten Raum. Von unten meinte er jetzt undeutlich das Dröhnen von Trommeln zu vernehmen.

Als er in seinem Rücken wieder jenes verhaltene Knarren vernahm, fuhr er herum. Er hätte den Mann im Auge behalten sollen!

Jetzt sah er, wie er sich im toten Winkel hinter der Tür zwei weiteren Farbigen zuwandte, grinsend einen unglaublichen Joint hinter seinem Rücken hervorholte und ihn einem der beiden entgegenreckte. Der andere gab ihm Feuer, der Türsteher zog hastig an, und jäh erfüllte würziger Haschischgeruch den Raum. Aber darin schien noch irgendetwas anderes zu sein; Wüstengräser, afrikanischer Weihrauch oder etwas in der Art. Es duftete schwerer, dunkler, vielversprechender.

Grauert überkam beinahe das Verlangen mitzurauchen. Aber zuerst musste er sie finden. Unschlüssig sah er sich um, er hatte nicht den blassesten Schimmer, für welchen der drei Ausgänge er sich entscheiden sollte, als der Mann mit der Augenklappe mit einem knappen Nicken zur Treppe hinüberwies.

Mit einem merkwürdigen Gefühl in der Magengegend stieg Grauert die Treppe hinab, dem dunklen Dröhnen der Trommeln entgegen ...

*   *   *

Man hatte Piet Opderdijk schon am Mittag verständigt und darüber aufgeklärt, dass neue Erkenntnisse über den Fall seinen Schutz ungleich vereinfachen würden. Sie kamen in den gleichen Wagen an wie die Schutzstaffel von Stahls. Nichts deutete darauf hin, dass sie seitdem mehr über die Art des tödlichen Phänomens in Erfahrung gebracht hatten. Sollten die, die dafür verantwortlich waren, sich nur in Sicherheit wiegen. Die Sturmgewehre mit den Halogenaufsätzen waren wie die Infrarotsichtgeräte in Plastikfutteralen ins Haus gebracht worden.

Selbst wenn irgendjemand das Haus beobachtete, war es unwahrscheinlich, dass er wusste, was sich in diesen Taschen befand.

Davon abgesehen verfuhr die Polizei exakt wie bei der Sicherung des Grundstücks von Stahls. Man wollte so wenig Aufsehen wie möglich erregen.

Je näher der Abend nun rückte, desto nervöser wurden die Beamten. Tatsächlich führten weder die Sichtgeräte noch die Halogenstrahler dazu, dass sie sich wirklich sicher fühlten. Weniger wehrlos vielleicht, aber sicher ...?

Dabei hatten sie noch immer keine Ahnung, wer genau hinter dem Ganzen steckte. Schließlich waren die letzten Todesfälle offenkundig derart gezielt eingetreten, dass es mit Sicherheit keine Laune der Natur war. Irgendjemand musste es lenken, beschwören, was auch immer, und einzig von dieser Person hing es ab, wie sicher sie sich fühlen durften. Aber was immer auch geschah, diese Nacht würde anders verlaufen als all die anderen zuvor, in denen jener tödliche Schatten die Nacht durchzogen hatte …

* * *

Es schien Grauert eine vollkommen andere Welt, in die er hinabstieg. Noch auf der Treppe spürte er es. Sie führte nur eine Etage tiefer, doch während dieser siebzehn Stufen gewann das Dröhnen der Trommeln in seinem Kopf an Form, manifestierte sich in Luft und Wänden des Bunkers und seinem eigenen Körper.

Der Raum am Fuß der Treppe war ein länglicher Flur, von dem wie im oberen Raum, vier Türen abgingen, die je von einem Fetisch geziert wurden: Das eine war ein bearbeiteter, mit symmetrischen Mustern überzogener Affenschädel, durch dessen Augenhöhlen einige mit schwarzen Federn versehene Perlenschnüre hindurchliefen. Diese waren straff gespannt auf eine hölzerne Scheibe montiert, auf der um den Schädel herum eine unruhige Sonne gemalt war. Das Bemerkenswerteste waren dabei jedoch die Zähne des Fetischs: Es waren ausnahmslos geschliffene Diamanten …

Die zweite Tür zierte eine geschnitzte Figur aus dunklem Holz von etwa vierzig Zentimetern Höhe. Es war die Figur einer Frau mit spitzen Brüsten, gleichmütig geschlossenen

Augen und einem teilnahmslosen Gesichtsausdruck. Ihre Beine waren gespreizt, und die Figur war mit getrockneten, geflochtenen Gräsern umwunden, die sich bleich um die dunklen hölzernen Schenkel spannten. In einer Hand der Figur lag ein Messer, während die andere ein schwer zu erkennendes Etwas an der Gurgel hielt.

Das schwach flackernde Kerzenlicht, das von den Ecken des Flures bis zu den seltsamen Fetischen drang, flößte ihnen eine eigenartige Form von Leben ein. Die Augenhöhlen des Affenschädels schienen sich in unregelmäßigen Abständen zu verengen und zu öffnen, während der geschnitzte Frauenkörper die Schenkel noch weiter zu spreizen schien und die Schriftzeichen auf der beschriebenen Haut irgendeines Tieres auf einer weiteren Tür anmuteten, als formierten sie sich immer wieder neu, ohne dabei jemals einen Sinn zu ergeben.

An der letzten Tür schließlich war eine Art Mobile aus auf Lederschnüren aufgereihten Hühnerknochen befestigt, die unter dem rhythmischen Dröhnen der Trommeln zitterten und mit hellen Geräuschen immer wieder gegen das vibrierende Metall der Tür klickten. Es hatte etwas Unheimliches, und obwohl kaum weit vorgedrungen, war Grauert bereits gänzlich in der Magie eines fremden Kontinentes gefangen.

Kopf und Frau, Schrift und Knochen. Grauert hatte das unbestimmte Gefühl, dass diese Bilder auf den Türen eine seltsame Allegorie bildeten, eine Gesamtheit von Aspekten, ein sonderbare Form mythischen Gleichgewichts, dessen ...

Mit einem lauten Knall flog die Tür zur Rechten Grauerts auf, und mit einem ungleich helleren Geräusch prasselten die Hühnerknochen gegen die Wand. Der Klang der

Trommeln schwoll um ein Vielfaches an, und plötzlich stand Grauert einer dunklen Gestalt gegenüber, die ihn um mindestens einen Kopf überragte. Der Riese, ein Schwarzer, drängte ihn von der Treppe weg. Dabei war es vor allem seine Aufmachung, die Grauert irritierte; ein anthrazitfarbener Armani-Anzug, der in seinen Augen an jeden anderen Ort besser gepasst hätte als an diesen.

Diesem Mann folgte ein weiterer Farbiger in einem hellen Leinenanzug. Doch während die helle Gestalt sich an ihm vorbeidrückte und nach einem kurzen verwirrten Blick auf Grauert dem ersten Mann die Treppe empor folgte, erschien hinter ihm noch ein weiterer Armani-Koloss. Er drückte Grauert kurz an die Wand und machte ihm mit einigen klaren Worten verständlich, dass er den Mann im weißen Anzug niemals hier gesehen hatte.

Dann waren die drei Männer verschwunden. Beinahe, als ob sie tatsächlich niemals da gewesen wären.

Aus der offenen Tür schlug ihm neben dem Dröhnen der Trommeln und dem Kerzenlicht ein heftiger Geruch von Schweiß, verbrannten Kräutern und einer seltsamen Ahnung von Verwesung entgegen. Aber es war die einzige offene Tür.

Jede andere zu öffnen, wäre ein Wagnis gewesen. Diese stand offen, und die Schatten, die sich dahinter im Schein der Kerzen bewegten, vermittelten den Eindruck, dass er dort im Inneren mit ihnen eins werden, verschmelzen könnte.

Er sah ein Meer aus farbigen Gestalten, und ihn durchzuckte ein seltsamer Gedanke: Hierhin also verschwanden sie, wenn sie ihre Drogen verkauft hatten ... und während die Trommeln ihm diesen Gedanken förmlich aus dem Kopf trieben, betrat er vorsichtig und darauf bedacht, zunächst in der Nähe der Tür zu bleiben, den Raum. Aber kaum eingetreten, wurde er in ein Meer von Körpern gesogen, die sich zum Rhythmus der Trommeln bewegten und nicht zuließen, dass man sich ihrer Bewegung verweigerte.

Überall glänzten schweißnasse schwarze Gesichter. Die Leute hier unten trugen jede Art von Kleidung, da waren Lendenschurze, Anzüge, Jeans und T-Shirts. Doch abgesehen von Grauert waren es ausnahmslos schwarze Körper, die sich hier im Halbdunkel des Bunkers wanden.

Einige der zahllosen Augenpaare wirkten förmlich entrückt, in anderen meinte Grauert ein misstrauisches Funkeln zu erkennen, und immer wieder drangen vereinzelte ekstatische Schreie durch das Zwielicht. Die ganze Szenerie hatte etwas Rituelles, beinahe Unwirkliches. Diese Leute aßen und tranken nicht, sie tanzten im dichten Dunst von Ausdünstungen und Weihrauch unermüdlich, seit Stunden, und würden es gewiss noch bis zum Morgen tun.

Grauert wurde schwindelig, die Luft war dick und stickig, ein zähflüssiger Sud aus Schweiß und Ekstase, in dem Sauerstoff den wohl geringsten Teil ausmachte. Das Dröhnen der Trommeln schien nunmehr gleichsam aus seinem eigenen Inneren zu kommen, und dabei war es, als diktiere er selbst den Takt dieses entrückten Tanzes, während selbst die Wände unter seinen Bewegungen erzitterten.

Im kargen Licht der brennenden Dochte vermengte sich in den Mauern dieses Luftschutzbunkers eine Ahnung Afrikas mit dem Erbe des zweiten großen Krieges, und der Bunker mit seinen zahllosen Wandmalereien nahm die fremdländischen Riten wohlwollend in sich auf. Hier wies ein Pfeil zum Männerklo, dort war ein Raum für vierzig Leute zugelassen, da schien die Wand voller Einschusslöcher, und davor wogte der dunkle Kontinent selbst, Schatten und Körper waren eins, eine tobende Masse aus Schreien und Leibern, und mittendrin Grauert, dessen helle Haut immer wieder aus dem wütenden Reigen hervorblitzte. Zwischen den dunklen Gesichtern meinte er immer wieder Masken ausmachen zu können, die in einem Moment noch an den Wänden zu hängen schienen, um im nächsten schon bedrohlich auf ihn zuzuschießen.

Aber dann war er auch immer wieder fortgeschwemmt worden, in einem tosenden schwarzen Strudel verschwunden, von einem Raum in den nächsten, über Treppen gespült, die Tür längst aus den Augen verloren, und längst nicht mehr Herr über seine Bewegungen stand er plötzlich inmitten eines riesigen tiefer gelegenen Raumes. Hier unten waren die Kerzen großen Feuerschalen gewichen, die inmitten des Raumes ein Rechteck bildeten, in dem vor einem geschnitzten Thron eine nackte Frau in einen nahezu ekstatischen Tanz verfallen war.

Trotz des spärlichen Lichtes erkannte er sie sofort, und obwohl die Trommeln nicht minder dröhnten als zuvor, waren die Bewegungen der übrigen Anwesenden auf dem Weg hier herunter immer ruhiger geworden. Es musste der Anblick dieser Frau, ihrer Bewegungen sein, die immer wieder schienen, als wolle sie ihre Arme und Beine einfach von sich schleudern.

Das kleine Beutelchen, ihr seltsamer Fetisch, den sie in jenem Lederbeutel um ihren Hals trug, wirbelte um ihre blanke Brust, und Grauert entsann sich deutlich, wie dieser Körper sich einen Abend zuvor noch unter ihm gewunden hatte. Ihre Haut glänzte vor Schweiß, ihre Augen waren derart verdreht, dass nur noch das Weiße darin zu sehen war, so tobte sie vor dem Thron.

Auf ihrer nackten Haut verliefen über Brust, Lenden und Gesicht aufgemalte weiße Streifen, die sich an verschiedenen Stellen mit einem dunklen Rot vermischten, das ... es war offensichtlich nicht bloß Schweiß, was auf ihrem Körper glänzte. Auch wenn es sich auf ihrer Haut selbst kaum abzeichnete, auf der Farbe sah man es umso deutlicher: Es wirkte beinahe wie Blut, und jetzt erst bemerkte Grauert neben einer hölzernen Schale zu ihren Füßen einen Opferdolch und ein enthauptetes Huhn ...

In den Feuerschalen wogten fremde Dämpfe, im Raum selbst herrschte eine unerträgliche Hitze, und plötzlich mischte sich noch etwas anderes in die Trommelschläge. Es schien beinahe wie das Meckern einer Ziege, und tatsächlich sah Grauert im nächsten Moment ein solches Tier, das halb hinter dem Thron verborgen und mit einem geflochtenen Dornenstrang daran festgebunden war.

Die Dornen gruben sich tief in die Kehle des Tieres, das nichtsdestotrotz noch immer versuchte, sich loszureißen. Blut lief über seinen weißen Hals und tropfte in einem dünnen Rinnsal zu Boden.

Inmitten dieses Raumes, dieser Atmosphäre wirkte dieses blutige Schauspiel beinahe selbstverständlich, und selbst Grauert wankte inzwischen im selben entrückten Rhythmus wie die Menge hin und her. Plötzlich war sie bei dem Tier, beugte sich hinab, rieb ihre nackte Haut an seinem Fell und packte es bei den Hörnern. Es schien beinahe, als flüstere sie dem Tier Dinge ins Ohr, und von einem Moment auf den anderen schien die Panik in den Augen des Tieres zu schwinden.

Es war, als hätte sie für das, was folgte, sein Einverständnis eingeholt. Der Kreis um die Feuerschalen schloss sich enger.

Auch Grauert wurde weiter vorgeschoben und stand mit einem Mal direkt vor ihr und der Ziege in der ersten Reihe. Hier war die von den Feuerschalen ausgehende Hitze noch schlimmer, und der aus ihnen aufsteigende Geruch hatte etwas ungleich Sonderbareres. Am Boden erkannte er jetzt außerdem neben dem Huhn seltsame Zeichen, die mit seinem Blut auf den Boden gemalt worden waren, und während er in ihnen noch einen Sinn zu entdecken suchte, durchschnitt plötzlich ein heller, fast menschlicher Schrei den zuckenden Takt der Trommeln, die einen Augenblick später verstummten.

Da fiel Grauerts Blick auf die Ziege, die in diesem Moment in sich zusammensackte. Ihre Kehle klaffte, ein satter Strahl dunklen Blutes schoss daraus hervor und brach sich in der Hand der nackten Tänzerin, die auf dem Rücken des Tieres kauernd mit der anderen Hand seinen Kopf zurückbog.

Neben den Vorderläufen lag der Dolch, dessen Klinge im Licht der Feuerschalen rötlich schimmerte. Langsam ließ sie die sterbende Ziege zu Boden gleiten, legte sie ab, während die Trommeln schleppend wieder einsetzten, und dann kam sie sich windend und sich reckend zu den Leuten hinüber, bewegte sich langsam von einem zum anderen innen durch den Kreis. Dabei reckte sie ihre Rechte, von der noch immer das Blut des Tieres troff, immer wieder in Richtung der Leute, die ihre Lippen verzückt auf ihre Handfläche drückten, und während das Blut im Widerschein des Feuers in den Gesichtern der Menschen glänzte, stand sie plötzlich vor Grauert. Einen Moment lang glaubte er, in ihren Augen ein Erkennen aufflammen zu sehen, doch im nächsten war wieder nur noch das Weiße darin zu sehen. Er dachte nicht weiter nach, spitzte die Lippen, beugte sich vor und wurde mit einem dröhnenden Trommelschlag wahrhaftig Teil dieser dunklen Gemeinschaft, die sich irgendwo tief unter der Stadt zusammengefunden hatte, um Dinge am Leben zu halten, die ihren Ursprung jenseits des Verstehens hatten ...

* * *

Zwischen den Jalousien hindurch drang die Nacht in Plagemanns Krankenzimmer. Irgendwann am Morgen war er mit einem widerlichen Kratzen im Hals und zugeschwollenen Augen erwacht.

Nachdem ein unglaublich teurer Overnight-Blumenkurier morgens um sechs in die Aufnahme geplatzt war, hatte eine Schwester den Strauß seines Vorgesetzten neben sein Bett gestellt und gedacht, ihm damit etwas Gutes zu tun. Es sah Mathesdorf ähnlich, dass er seine Allergie vergessen hatte. Tatsächlich war Plagemann froh, dass der Kommissar überhaupt seinen Namen behielt.

Die gleiche Schwester hatte den Strauß schließlich auch entsorgen müssen, wobei sie sich zu ihm hinabbeugend kleinlaut feststellte, dass es ihr unglaublich leid tat. Diese Entschuldigung brachte Plagemann weniger als der Blick in ihr Dekolleté.

Die Tatsache jedenfalls, dass Mathesdorf ihm so früh morgens einen Strauß Blumen schickte, deutete daraufhin, dass er sich entweder umbringen oder Buße tun wollte. Oder er hatte beschlossen, tatsächlich etwas zu tun. Lächelnd dachte Plagemann an die Aktenstapel auf dem Schreibtisch seines Vorgesetzten. Er sah förmlich, wie der Kommissar sie auf seinen Schreibtisch hinüberlegen wollte, um sich dann schließlich doch daran zu erinnern, dass und weshalb Plagemann in den nächsten Tagen kaum zur Arbeit kommen würde.

Sein Versuch, den Kommissar telefonisch zu erreichen, war im Lauf des Tages mehr als einmal fehlgeschlagen. Stets hatte es geheißen, dass er in einer wichtigen Besprechung wäre. Das zumindest deutete für Plagemann darauf hin, dass Mathesdorf entgegen seinen üblichen Gepflogenheiten tatsächlich beschlossen hatte, diesen Fall in seine eigenen Hände zu nehmen. Wenn dem tatsächlich so war, dessen war er sich sicher, würde sein Chef mit Sicherheit etwas Wichtiges übersehen haben ...

* * *

Die beiden hatten sich in einen kleinen Raum zurückgezogen. Von draußen dröhnten noch immer die Trommeln. Sie hatte sich ein schmuckloses weißes Gewand übergeworfen, durch dessen weite Ärmel Grauert den Ansatz ihrer Brüste sehen konnte.

„Was bist du hier eigentlich? Eine Hohepriesterin oder so?"

„Glaub mir, das würdest du nicht verstehen."

Noch zwei Stunden zuvor hätte er ihr das ohne Weiteres geglaubt. Inzwischen nicht mehr.

Er konnte noch immer das Blut auf seinen Lippen schmecken. Sie erregte ihn. Er wollte sie.

Besonders hier unten, inmitten des Duftes und der Gebräuche einer anderen Welt, inmitten von Blut und fremden Zeichen. Aber er wollte noch etwas anderes. Etwas, das er noch nicht gehabt hatte. Sie saß ihm gegenüber, schaute ihn mit diesem unglaublichen Blick an, und um den Bernstein ihrer Augen schimmerten rote Äderchen, beinahe wie unbeschrittene Pfade, die geradewegs in ihr Innerstes führen mussten, und selbst das Äußerste ihres Innersten verriet, dass sie wollte, dass er sie wollte ...

„Vor allem würde ich das alles gerne begreifen."

Für einen kurzen Augenblick schien sie aus ihrer Sphinxhaftigkeit emporzuschrecken.

„Was?"

„Die Toten, deine Bemerkungen über den gestohlenen Gott. Du sagtest damals etwas zu mir, etwas in der Art wie: unsere Schatten hätten das Töten gelernt ..."

Er sah sie fragend an. Provozierend langsam richtete sie sich gänzlich auf und musterte ihn ernst. Innerhalb eines einzigen Augenblickes war alles Laszive aus ihrem Blick geschwunden, und ihr weißer Überwurf verlieh ihr dabei beinahe etwas Heiliges.

„Du willst es wirklich begreifen?"

„Ja."

Sie zögerte einen Augenblick, und er kam nicht umhin, in eben diesem Augenblick ihre harten Brustwarzen unter dem weißen Stoff zu sehen.

„M'tu Yayee, der Schattenschläfer, der Gott meines Stammes, den einst mit Gewalt einer der Hunde Cabrals meiner Heimat entriss. Seit Ewigkeiten hatte jener Gott den Wächtern unterstanden, mächtigen Reliquienhütern, denen heute, wie bereits sein Vater und dessen Vater zuvor, Tembo, mein Mann, angehört."

Das war etwas viel Information auf einmal. Grauert versuchte, zumindest das zu verarbeiten, wovon er bereits ein bisschen Ahnung hatte.

„Hunde Cabrals? Kapitän del Flores?"

„Oh ja, del Flores, und es war die Neruda, unter deren Flagge man meinem Volk vor so vielen Jahren seinen Gott entwendete. Die Neruda, eben jenes Schiff, das Floyd Wittgenstein vor mehr als einem Jahr vor der Küste Afrikas barg."

„Ich weiß, ich war dabei." Grauert erinnerte sich an damals, erinnerte sich wieder an Wittgenstein, wie er die Neruda zu seinem alleinigen Fund gemacht und sich von diesem hatte verderben lassen. Keiner von ihnen hatte damals ahnen können, wie viel Gift jenes Wrack ausspeien würde und wie viel Unheil es verheißen sollte.

Ihre Augen flammten kurz auf. Sie schien nicht gewusst zu haben, das Grauert nicht bloß ein alter Freund Wittgensteins war, sondern ihn seinerzeit vor der Ostküste auch bei seinen Tauchgängen begleitet hatte. Aber ihrer Irritation zum Trotz verlor sie nicht den Faden.

„Aber du hast nicht versucht, das spirituelle Eigentum der Wasanias zu unterschlagen. Als Wittgenstein das Bergungsgut damals an die spanische Krone zurückgab, schickten wir sofort eine Gesandtschaft nach Spanien, die feststellen musste, dass der M'tu Yayee nicht zwischen diesen Dingen war. Der Schattenschläfer ruhte noch immer in seiner goldenen Schatulle, nach der dein Freund seine gierigen Finger ausgestreckt hatte."

In ihrer Stimme schwang kaum zu überhörender Zorn mit. Aber damit hatte er gerechnet. Dennoch musste er es wissen: „Aber war es nötig, ihn zu töten?"

„Mein Vater war mehr als einmal bei ihm. Wittgenstein hat geleugnet, alles geleugnet, bis ein weiterer Dieb seine Hand nach dem unsterblichen Wesen des Schläfers ausstreckte, und hätte Wittgensteins Habgier ihm nicht diktiert, die Steine aus ihren Fassungen zu brechen, hätte selbst das nicht diese Folgen für euch gehabt."

Dieses Gespräch verlief definitiv anders, als er es sich vorgestellt hatte. Inzwischen war er bei weitem verwirrter, als er ohnehin schon gewesen war. Dieser Bunker, diese andere Welt unter der Stadt, die Gerüche, die Bewegungen, das Dröhnen jener Trommeln, eine davon er selbst ...

„Welche Steine?"

„Es war ein besonderer darunter, für den Wittgenstein kaum viel Geld bekommen haben wird, und einzig dieser Stein, in Gold gefasst, vermag den Schattenschläfer zu bannen. Es gab insgesamt drei. Drei Steine, die dem Gott Heimstatt sein konnten, und eine dieser Heimstätten, in der der Gott seit Hunderten von Jahren ruhte, hat Wittgenstein zerstört. Eine andere hat Tembo, mein Ehemann, und darin schlummert der Gott, bis Tembo ihn seinen Zorn ausgießen lässt."

Das also war der Schlüssel zu den Todesfällen oder wenigstens den letzten dreien! Grauert spürte genau, dass er an dieser Stelle weiter als alle anderen war. Weiter als der Kommissar, die gesamte Polizei, die Presse, wer auch immer. Grauert stand im Begriff, das Rätsel um das Grunewald-Symptom zu lösen, zu dem diese Frau und die Männer, die sie begleiteten, mitsamt ihres gestohlenen Gottes der Schlüssel waren.

„Aber worauf gründet sich dieser Zorn eures Gottes?"

„Seine Opfer sind Ausbeuter, an deren Händen unser Blut klebt." Sie zögerte einen Augenblick. „Ihr Tod ist beschlossen. Tembo lässt den Schläfer nur das Urteil, unser Urteil, vollstrecken."

An dieser Stelle kam er nicht weiter. Es war etwas Religiöses, hatte mit Stolz und dem Bewusstsein einer Gruppe zu tun, deren Weltsicht sich kaum innerhalb dieses Gespräches offenbaren, geschweige denn ändern lassen würde. Also versuchte er es anders.

„Wo ist dieser Gott? Wie sieht er aus?"

Ihre Augen verengten sich. Für einen Augenblick gab sie ihm das Gefühl, als sei er ein Großwildjäger, der die Ziehmutter eines verwaisten Elefanten mit der Flinte in der Hand nach seinem Versteck gefragt hatte. Dann jedoch entspannte ihr Blick sich wieder: „Er lebt in den Schatten, er ist die Schatten. Ist deiner, meiner, welchen immer er sich erwählt ..."

Eine afrikanische Schattengottheit als Mordinstrument. Diese Geschichte wurde von Minute zu Minute interessanter, und plötzlich murmelte Grauert wie zu sich selbst: „Seltsam, von Schatten hat dieser Polizist vorhin auch gesprochen ..."

Diese Bemerkung schien sie aufhorchen zu lassen.

„Welcher Polizist?“

„Der Beamte am Telefon; ich wollte herausfinden, was sie wissen, und einer der Männer erzählte mir, dass der Kommissar mit seinen Leuten auf Schattenjagd sei ...“

Von einem Augenblick zum anderen wurde sie sehr nachdenklich.

„Würdest du mir helfen, ihn aufzuhalten?“

„Wie bitte?“

„Meinen Mann. Das Töten muss ein Ende haben.“

Grauert zögerte keinen Augenblick, für diese Frau, mit dieser Frau hätte er alles, ausnahmslos alles gewagt.

„Natürlich!“

„Dann lass uns keine Zeit verlieren. Vielleicht ist es noch nicht zu spät.“

Kapitel 13

Andere Opfer

Es war ein eigenartiges Gefühl, den dunklen Bunker mit all den bizarren Gestalten darin mit der U-Bahn zu tauschen, auf deren Strecke sich die Welt ganz allmählich wieder zu normalisieren schien, als bildeten die Tunnel eine längst vergessene Verbindung zwischen zwei Welten, die einander so fremd waren wie nur irgendetwas. Noch immer hatte Grauert diese merkwürdigen Gerüche in der Nase.

„Denkst du, wir werden ihn finden?"

Er war besorgt, tatsächlich war er sich nicht einmal sicher, ob er ihren Mann überhaupt finden wollte.

„Ich weiß, wo er ist."

Die U-Bahn fraß ihr die Worte förmlich aus dem Mund. Aber er verstand, was sie meinte.

Draußen flogen die Wände an ihnen vorüber, die Tunnel, in denen sie von einer Lichtinsel zur anderen durch ewige Nacht dahinschossen. Diese Schatten, in denen alle paar hundert Meter die Notbeleuchtungen diamanten leuchteten, wären ein würdiges Versteck für jenen vergessenen Gott gewesen. Der Gedanke, dass alte Götter sich unter den Städten verbergen könnten, ließ Grauert erschauern. Er hatte genug von diesen Geschichten gelesen.

Er wandte den Blick vom Fenster ab und sah zu ihr hinüber, die mit ernstem Gesichtsausdruck teilnahmslos aus dem gegenüberliegenden Fenster starrte. Dabei war sie noch immer wunderschön. Ihr Anblick erregte ihn nach wie vor. Dennoch wirkte ihr Entschluss, ihren Mann aufzuhalten, beinahe ein wenig befremdlich auf ihn.

Aber irgendwie rechnete er es sich zu. Sich und seinen kritischen Bemerkungen.

Es war ein gutes Gefühl, die unbestimmte Gewissheit, etwas verändert, diesem Treiben auf eine Art Einhalt geboten zu haben. Er würde ihr helfen, ihn zu kriegen, sie würden ihn der Polizei übergeben und weitervögeln. Eine Woche oder zwei, solange es eben gut ging.

Jetzt aber schossen sie zunächst einmal auf dem Weg nach Mitte durch die U-Bahntunnel der Stadt, und dies war beinahe wieder das Berlin, das er kannte, das jenseits schwarzer und verworrener Mysterien lag. Wenn sie wirklich wusste, wo er war, dann würden sie ihn finden, und dann würden sie sehen, wie es weiterging.

*   *   *

Im Gegensatz zu Opderdijk hatte Jaques Lazar vom Tod Raimund von Stahls gehört, ein Umstand, der ihn ungleich weniger empfänglich für die Argumente des Kommissars und seiner Leute gemacht hatte. Als Mathesdorf jedenfalls am frühen Abend mit seinen Leuten Lazars Apartment erreichte, hielten Valium- und Alkoholspiegel im Blut des Franzosen sich die Waage.

Tatsächlich war er so angeschlagen, dass sie ihm zumindest eine ärztliche Behandlung vor Ort angedeihen lassen mussten. Lazar war nur noch ein nervöses, von Ängsten zerfressenes Wrack, und wären nicht der Kommissar und seine Männer bei ihm aufgetaucht, er hätte sich an diesem Abend mit seinen Beruhigungscocktails selbst hinab in die Hölle gespült.

Von Trondt bekam Lazar schließlich zumindest soweit wieder hoch, dass sie ihn bei stabiler Atmung in einen Sessel am Fenster setzen konnten. Von der anderen Straßenseite jedenfalls würde das Ganze kaum verdächtig scheinen.

Um das Apartment zu sichern, hatten sie zwei andere Wohnungen, die darüber und die darunter, räumen müssen und inzwischen mit ihren Sicherheitsleuten bestückt. Ein Haus wäre einfacher zu überwachen gewesen. Dass Jaques Lazar ein solches nicht mehr besaß, erklärte sich aus seinem Lebenslauf. Mathesdorf hatte sich die Akte kommen lassen, und sie, während von Trondt sich um den desolaten Zustand Lazars gekümmert hatte, in der Küche überflogen:

Nachdem Lazar mit seinem Reisebüro pleite gegangen war, hatte er sich hier einmieten müssen. Zuvor hatte er es weit gebracht, mit großangelegten Safaris für Firmenvorstände, in deren Rahmen allein die Summen, die er für den Schmuggel illegaler Trophäen bekommen hatte, beträchtlich gewesen sein mussten. Aber wenn so ein Manager eine Antilope schoss, war schließlich auch davon auszugehen, dass er sie sich irgendwohin hängen wollte, und genau das hatte Lazar sich mit seinen Safaricamps zunutze gemacht. Er hatte billige einheimische Arbeitskräfte angeheuert, die Behörden geschmiert, bis alle Augen zu waren und dann die ganze Mischpoke zum Rumballern in die Steppe geschickt. Sein Rezept war aufgegangen, zumindest bis es einige zweifelhafte Todesfälle gegeben hatte. Manche behaupteten, einige von Lazars Kunden hätten irgendwelche Stammesangehörigen zu Tode gehetzt, andere meinten, ihm sei bei seinen Geschäften eine Gruppe von Wildhütern in den Weg gekommen, und während Lazar durch irgendeinen Winkelzug seines Anwalts lediglich zehn Gänge hatte herunterschalten müssen, saß inzwischen beinahe jeder seiner einstigen Angestellten hinter Gittern.

Solche Lebensläufe beeindruckten Mathesdorf. Er selbst hätte bei weitem nicht genug Energie für derartige Geschichten gehabt. Aber wer immer Jaques Lazar auch war und was immer er auch getan oder verbrochen hatte, viel war von ihm nicht mehr übrig. Alle paar Minuten fühlte von Trondt seinen Puls, um herauszufinden, ob er nicht doch ins Krankenhaus musste.

* * *

Plagemann hatte inzwischen mit dem Deutschen Institut für Afrikanistik Verbindung aufgenommen und sich dort eine Auswahl von Büchern empfehlen lassen. Schließlich wies auch der gegenwärtige Stand der Ermittlungen noch immer auf ein Phänomen hin, dessen Wurzeln in Ostafrika lagen, einer Region, die eine abenteuerliche Vermischung arabischer und afrikanischer Geschichte und Mythologie war und in der seit eh und je Dinge geschahen, die zu verstehen nur den wenigsten gegeben war.

Da waren die Schwarzen, die sie zunächst gewarnt und später angegriffen hatten, offensichtlich eine verschworene Gemeinschaft, seltsame Gestalten, die eher in einer von Henry Rider Haggards Quatermain-Geschichten als im Hier und Jetzt zu Hause schienen. Der Mann mit dem vernarbten Gesicht, der Alte, diese Frau ... zusammen mit Wittgenstein, Grauert und dem Wrack, das sie unweit Malindi geborgen hatten, formte all das eine Spur, der es sich zu folgen lohnte – und dann natürlich die Liste. Die Namen der Opfer: van de Groth, von Stahl, Opderdijk, Lazar, das waren alles Männer, die den Grundstein ihres Vermögens auf mehr oder minder zweifelhafte Weise in Ostafrika gelegt hatten.

Plagemann hatte schließlich auch noch einmal im Präsidium angerufen und gebeten, ihm die Akten der Männer ins Krankenhaus zu bringen. Es würde das zuträgliche Maß an Arbeit mit Sicherheit überschreiten, aber er konnte diesen Fall nicht Mathesdorf überlassen. Dessen unreflektierte Hauruckmethoden kannte er nur allzu gut: Wenn dieser Mann etwas anpackte, bedeutete es beim besten Willen nicht, dass er verstand, was er da tat.

Der Blick an seinem Tropf vorbei auf die Akten und den Stapel Bücher jagte Plagemann einen Schauer über den Rücken. Zugunsten all dieser Unterlagen hatten sie sogar seinen Bettnachbarn verlegen müssen, und inzwischen wirkte das Bett neben ihm eher wie eine Bibliothek als ein Krankenlager.

Neben der Minguez-Übersetzung des Logbuches lagen dort hauptsächlich Bücher und wissenschaftliche Arbeiten über verschiedene Ostküstenstämme, in denen Plagemann einiges zu finden hoffte. Er würde sich einen Kaffee kommen lassen und sich die Register der einzelnen Bücher vornehmen.

* * *

Mathesdorf hatte direkt vor Haus Weidenschatten geparkt. Er hatte Lazars Wohnung nur ungern verlassen und wäre eigentlich lieber die ganze Nacht über dort oder zumindest bei Opderdijk geblieben. Aber augenscheinlich war hier etwas vorgefallen, das seine Anwesenheit erforderte. Er hoffte inständig, es möge nicht wieder ein Haufen Erstickter sein.

Aufgelöst tippelte die Betreiberin der Pension, eine ältere Dame mit unmöglicher Frisur, durch den Flur und wies dem Kommissar auf seine Frage den Weg die Treppe hoch zu dem fraglichen Zimmer, wo seine Kollegen bereits dabei waren ihre Sachen zusammenzupacken. Es war ein kleines, unauffälliges Pensionszimmer mit großem Bett, Schrankwand, weißem Teppich und einem angrenzenden kleinen Bad mit Dusche. Als er noch verheiratet gewesen war, hatte er derartige Zimmer oft genug gesehen. In genau solchen Löchern war er untergekommen, wenn sie ihn wieder einmal rausgeworfen hatte. Am Ende hatte Mathesdorf fast jedes zweite Wochenende in solchen Zimmern zugebracht. Inzwischen nicht mehr, und seine Ex-Frau bedeutete bloß noch Unterhalt und böse Erinnerung ... ein Beamter von der Spurensicherung riss ihn aus seinen Gedanken.

„Was haben Sie hier zu suchen? Sie befinden sich an einem Tatort. Dies ist eine polizeiliche Ermittlung ..."

„Großartig", dachte er bei sich, „wieder ein Kollege, der sich nur die Gesichter von den Grillfesten merkte". Seine Hand zuckte kurz hoch, und im Nachhinein wusste er nicht einmal, ob sie seinen Dienstausweis oder das Gesicht seines Gegenübers zum Ziel gehabt hatte.

Ehe sich seine Hand jedoch entscheiden musste, erschien hinter dem jüngeren Beamten ein anderer und flüsterte seinem Kollegen leise etwas zu. Mathesdorfs Gegenüber entschuldigte sich daraufhin überschwänglich und bat den Kommissar, ihm zu der Schrankwand hinüber zu folgen.

„Entschuldigen Sie bitte noch einmal, Herr Kommissar, aber ich bin noch nicht so lange in dieser Abteilung und ..."

„Schon gut", knirschte Mathesdorf ihn an.

„Sie sollten sich das hier mal ansehen. Zum einen fällt es ohnehin in Ihr Ressort, und zum anderen könnte es, wenn ich richtig informiert bin, mit Ihrem derzeitigen Fall zusammenhängen."

Vorsichtig öffnete der Mann eine der Türen, und die aus dem Inneren des Schrankes fliehenden Schatten gaben den Blick auf ein sperriges, mit Plastikfolie umwickeltes und von der Kleiderstange baumelndes Bündel frei. Es schien alles andere als leicht zu sein, die Stange bog sich unter dem Gewicht.

Mathesdorf runzelte die Stirn, während der Mann seine Hände nach der Folie ausstreckte und sie mit vorsichtigen Bewegungen sachte auseinanderfaltete. Er erkannte den Toten sofort.

Es war der Alte, dem man offensichtlich den Schädel eingeschlagen hatte, um ihn dann in einen Plastiksack zu stecken und in den Schrank zu hängen. Das alles sah nicht gut aus, und Mathesdorfs neu gewonnener Enthusiasmus begann zu schwinden. Seinem Plan entsprechend hätten sie den Schuldigen mitsamt diesem Schatten innerhalb der nächsten Tage bei Lazar oder Opderdijk, seinen beiden letzten Opfern, aufgreifen müssen – und jetzt das.

Warum der Alte, und warum ausgerechnet jetzt? Es war wieder einmal eine der Situationen, die regelrecht nach Plagemann schrieen.

* * *

Sie waren mit der S-Bahn bis Bellevue gefahren. Sie schien den Weg von der Haltestelle aus genau zu kennen. Grauert musste ihr bloß noch folgen. Es verwunderte ihn nicht weiter, höchstwahrscheinlich hatten sie und ihr Mann das alles gemeinsam geplant, bis ... aber inzwischen hatte sie sich geändert.

Zufrieden lächelnd folgte Grauert ihrem sich beschleunigenden Schritt. Schon von weitem konnten die beiden die von Mathesdorf aufgestellte Schutzstaffel ausmachen.

Sie gaben sich keine Mühe, unauffällig zu agieren. Warum auch?

Sie wussten, dass der Killer kommen würde, und der Killer wusste, dass sie ihn erwarteten. Es war schon bizarr: Obwohl bei weitem nicht alle Regeln bekannt waren, war das Ganze zu einem Spiel mit offenen Karten geworden.

Das Anwesen Opderdijks lag direkt an der Spree, am Holsteiner Ufer. Es war ein prächtiges Haus aus dem ausgehenden 19. Jahrhundert, das er, kaum dass er sich aus dem Tabakgeschäft zurückgezogen hatte, mit seiner Familie in Beschlag genommen hatte. Opderdijk hatte unweit von Sansibar Plantagen besessen, die er vor einiger Zeit überaus gewinnbringend hatte veräußern können. Tatsächlich hatte er vorgehabt, sich in Zukunft vornehmlich mit Aktien zu befassen, einem Feld, das ihn schon länger interessierte.

Mathesdorfs Leute befanden sich sowohl auf diesem als auch auf den beiden angrenzenden Grundstücken in Position. Plötzlich wurde sie schneller. Grauert konnte kaum Schritt halten.

Er sah sie auf die beiden vor der Einfahrt postierten Beamten zurennen und dort angekommen aufgeregt gestikulierend ein Gespräch beginnen, von dem er allmählich näherkommend bloß noch Bruchstücke aufschnappen konnte. „Tun Sie ihm nichts ... ich werde das in die Hand nehmen ... lassen Sie mich ..." Im nächsten Moment, noch bevor Grauert bei dem Grüppchen angelangt war, war sie schon weitergeeilt und rannte auf das gegenüberliegende Haus zu.

Sie rief etwas, das keiner der Anwesenden wirklich verstand, und einer der Männer am Tor zog sein Funkgerät hervor, um sich dem neuen Sachverhalt entsprechende Weisungen zu holen. Kurz darauf kamen aus allen Häusern Grüppchen mit gezückten Waffen geeilt und liefen auf der Straße zusammen.

Unterdessen hatte sich die Tür des gegenüberliegenden Hauses geöffnet, und im Schatten des Hauseinganges meinte Grauert nun den Elefantenmann erkennen zu können. Er stand ihr direkt gegenüber, und sie schien beschwichtigend auf ihn einzureden.

Doch ihre Bemühungen verfehlten offenbar ihre Wirkung. Tembo stieß sie zur Seite und hastete brüllend schräg über die Straße, weg vom Opderdijk-Anwesen.

Unterdessen hatten die meisten Sicherheitsleute auf ihn angelegt. Andere versuchten, neue Befehle zu bekommen. Die Funkdisziplin war hinüber.

Sie versuchte, die Männer zu beruhigen und eilte ihrem Mann nach, direkt hinter ihr Grauert, dem wiederum ein gutes Drittel der Schutzstaffel folgte. Wenige Augenblicke später holte sie Tembo in einem rückwärtigen Garten ein. Das Grundstück endete direkt am Fluss, von dem es nur durch einen mit geschmacklosen Blütenornamenten verzierten Plastikzaun getrennt wurde.

Als Grauert gleich darauf um die Hausecke bog, sah er sie dort direkt vor dem massigen Hünen stehen und wie schon zuvor auf ihn einreden. Als sie einen Schritt zur Seite tat, meinte er plötzlich eine Waffe in seiner Hand aufblitzen zu sehen.

Tollkühn sprang er auf ihn zu. Mit seinem ganzen Gewicht riss er den Elefantenmann von den Beinen, so dass dieser die Pistole loslassen musste, die mit einem metallischen Klicken über einen Kiesweg in ein nahes Blumenbeet rutschte. Aus den Augenwinkeln vermochte Grauert wahrzunehmen, wie sie sich in seinem Rücken bewegte und einige der Sicherheitsleute um die Hausecke bogen, und plötzlich hörte er ganz in seiner Nähe ein leises Klicken, beinahe, als ob der Hahn einer Waffe ...

Geistesgegenwärtig riss er sich von seinem Opfer los, stieß sich ab, rollte zur Seite und hörte dabei bereits den ersten Schuss aufheulen, und als er den Blick hob, sah er, wie sie noch ein zweites Mal abdrückte. Grauerts Kopf schnellte herum, und er sah Tembo, dem es irgendwie gelungen war, sich aufzurappeln, der nun aber von den Schüssen taumelnd zurückgeworfen wurde.

Fassungslos starrte er seiner Frau ins Gesicht, ehe er schließlich nach dem dritten Schuss wankend rückwärts durch den Zaun brach und zwischen den schimmernden Bruchstücken weißer Blumenornamente im kalten Wasser versank. Dann war auch schon einer der Sicherheitsmänner bei ihr und entwand ihr die Waffe, während ein anderer Grauert aufhalf und die übrigen Sicherheitsmänner sich am Rand des Zaunes verteilten, um nach dem Körper des Verwundeten oder womöglich auch Toten Ausschau zu halten.

Kapitel 14

Verschiedene Wahrheiten

Es war vier Uhr morgens, aber an Schlaf dachte niemand. Das Revier war von einer seltsamen, von kaum mehr als einem halben Dutzend Leute hervorgerufenen Geschäftigkeit erfüllt. Der größte Teil der Beamten war noch immer mit der Suche nach der Leiche des Elefantenmannes betraut. Auch ohne den Mann gefunden zu haben, waren sie beinahe sicher, dass er tot war.

Aber was ungleich mehr zählte: Piet Opderdijk war inzwischen in Sicherheit. Seine Rettung war der einzige Grund, weshalb sie Grauert und die Schwarze nicht gleich in U-Haft genommen hatten.

Mathesdorf war dabei, den beiden eine frühmorgendliche Standpauke zu halten. Auf dem Weg ins Revier war er an einer Tankstelle vorbeigefahren und hatte dort einige Dosen Red Bull besorgt. Morgens um vier war das die einzige Alternative, wenn man nicht selber Kaffee kochen wollte.

Er warf den Kopf in den Nacken und leerte mit einem kräftigen Schluck seine dritte Dose. Dann zerdrückte er sie und blickte Grauert und seine Panthergöttin mahnend an.

„Ihnen ist klar, dass Sie unsere Ermittlungen nicht unerheblich behindert haben."

Grauert verdrehte die Augen.

„Nicht nur, dass Sie scheinbar die ganze Zeit über Informationen verfügten, die Sie den ermittelnden Beamten vorenthielten, darüber hinaus haben Sie auch noch eigenmächtig in die laufenden Ermittlungen eingegriffen, womit Sie nicht nur Ihr eigenes Leben, sondern auch das von ..."

Plötzlich fiel sie Mathesdorf ins Wort: „Herr Kommissar, mein Vater und Charo versuchten Sie bereits lange vor meiner Ankunft über die besonderen Umstände dieses Falles in Kenntnis zu setzen. Damals verwehrte Ihre Voreingenommenheit es Ihnen, die Berichte der beiden ernst zu nehmen. Nun sind sie tot, was gewiss mehr Ihre als unsere Schuld ist. Des Weiteren aber ist die Anzahl der von uns angeblich gefährdeten Leben weit weniger relevant als die Tatsache, dass Sie meinen Mann ohne unsere Hilfe mit Sicherheit nie bekommen hätten."

Schweigend gaffte Mathesdorf sie an. Das Reden war ihm von einem Augenblick auf den anderen vergangen. Dem, was diese Frau sagte und der Art, wie sie es sagte, wohnte eine seltsame, beinahe beunruhigende Intensität inne, so dass es beinahe unmöglich schien, ihr zu widersprechen. Selbst Grauert war während ihres Vortrages der Unterkiefer heruntergeklappt.

Dennoch versuchte der Kommissar fortzufahren: „Wie auch immer, Ihr Verhalten ist nicht entschuldbar, und der einzige Umstand, der Ihnen beiden zugute zu halten ist, ist die Rettung Piet Opderdijks und Jaques Lazars."

Was immer der Kommissar sagte, Grauert fühlte sich sicher. Zum einen hatten sie ein Menschenleben gerettet und einen annähernd aussichtslosen Fall zum Abschluss gebracht, und außerdem hatte diese Frau auch noch Argumente. Der Ärger würde sich in Grenzen halten.

„Das Leben eines Herrn Opderdijk, Herr Kommissar, ist, mit Verlaub, nur wenig bedeutsam, wenn man bedenkt, was wir um seinet- und um Ihretwillen bezwungen haben, weil es in der Hand meines Mannes zu belassen unverantwortlich war. Wir bannten den Schattenschläfer, bezwangen das Dunkel, haben die Finsternis von neuem an die Kette gelegt und den Nachtteufel in seine Hölle zurückgeschickt. All das sind Umstände, die Ihre Zivilisation oder Ihr Intellekt nicht für möglich gehalten und die Ihre Beamten kaum jemals bewältigt hätten. Die Bürokratie und das Böse, Herr Kommissar, bedingen einander eher, als dass sie einander bezwingen ..."

Der Kommissar hatte dem nichts hinzuzufügen. Er nickte nur, selbst ihm schien das, was sie sagte, in gewisser Hinsicht einleuchtend.

„Aber das bedeutet noch lange nicht, dass wir Ihre Handlungsweise in irgendeiner Weise billigen könnten."

Sie funkelte Mathesdorf an, und in diesem Moment schien es ihm beinahe, als schlüge der Bernstein ihrer Augen in dunkles Grün um. Von diesem Schauspiel leicht irritiert zögerte Mathesdorf kurz, bevor er weitersprach: „Nichtsdestotrotz ist da jemand, der sich bei Ihnen bedanken möchte ..."

Es war Opderdijk. Die Erleichterung stand ihm förmlich ins Gesicht geschrieben, und während Grauert seinen überschwänglichen Dank ohne weiteres Nachdenken annahm, fiel ihr das sichtlich schwerer.

Während dieses Dankesrituals funkte der Kommissar noch einmal den Leiter des Suchtrupps an. Es drängte ihn zu erfahren, ob sie den Körper des Schwarzen gefunden hatten. Doch obwohl seit einer Stunde ein gutes Dutzend Taucher vor Ort war, war die Leiche noch immer nicht gefunden. Für gewöhnlich hätten sie die Morgendämmerung abgewartet, aber ausnahmslos alle, die in diesen Fall verwickelt waren, wollten so schnell wie möglich Gewissheit haben, dass dieser Spuk endgültig vorbei war.

Inzwischen wunderte Grauert sich über die unverblümte Feindseligkeit, mit der seine Begleiterin den geretteten Opderdijk zu mustern fortfuhr. Als der Kommissar sich ihnen wieder zuwandte, war davon nichts mehr zu sehen. Er blickte in die Runde und zuckte mit den Schultern.

„Nichts. Sie haben ihn noch nicht gefunden."

„Er ist tot, vertrauen Sie mir." Sie schien davon überzeugt. Der Kommissar nicht.

„Glauben Sie mir, das möchte ich. Das möchte ich nur allzu gern."

* * *

Plagemann hatte Unmengen von Notizzetteln vollgeschmiert. Sie klebten auf seinem Nachttisch, dem Schirm seiner Lampe und dem Kopfteil seines Bettes.

Er hatte Afrikas Götter kennengelernt, von den Affengötzen bis hin zum Brotbaummythos. Er hatte die Rituale und die Geschichte der Stämme studiert und war dabei auf etwas gestoßen, das zu viele Parallelen mit den aktuellen Geschehnissen aufwies, als dass es Zufall hätte sein können.

Zentraler Gegenstand dieser Ähnlichkeiten war eine gottgleiche Kreatur, die dem Pantheon eines ostafrikanischen Nomadenstammes, der Wasanias, entstammte. Den Büchern zufolge verehrten die Angehörigen jenes Stammes dieses Geschöpf, das sie M'tu Yayce, den Schattenschläfer, nannten und das seit mehr als 800 Jahren der zentrale Aspekt ihrer religiösen Rituale gewesen war. Aber vor allem der Zorn jenes Gottes war es, der so merkwürdige Ähnlichkeiten mit den bizarren Umständen der jüngeren Todesfälle aufwies:

Über dich kommt sein Schatten
Er nimmt dir die Luft.
Er nimmt dir die Worte.
Dein Atem füllt sein Dunkel an,
In seinen Schatten fließt dein Leben.

Diese Gesetze schienen Plagemann seltsam fremd, aber in Verbindung mit den Geschehnissen auf eine seltsame Art einleuchtend, und er hatte beschlossen, sich weiter auf diesen Stamm und seinen Götzen zu konzentrieren. Das Studium der Bücher aber war bei weitem anstrengender, als er erwartet hatte, weshalb Johann Plagemann auch kurz nach Mitternacht inmitten seiner zahllosen Notizzettel einschlief ...

* * *

Opderdijks überschwänglicher Dank war abgeklungen. Inzwischen hatten sie alle sich etwas frisch gemacht, der Gerettete war wohl wieder nach Hause gefahren, und kaum dass die anderen wieder in seinem Büro saßen, ging Mathesdorf zum nächsten Teil seiner Strafpredigt über: „Jetzt wäre ich Ihnen beiden überaus dankbar, wenn Sie versuchen würden, mir das Ganze zu erklären."

Er blickte abwechselnd von ihr zu Grauert. Dieser wiederum schaute etwas dämlich aus der Wäsche, als sie wieder das Wort ergriff:

„Sie werden es nicht begreifen."

„Das überlassen Sie bitte mir."

„Wir sind Angehörige eines sehr alten Stammes."

Mathesdorf warf einen zweifelnden Blick auf Grauert, der abwehrend die Hände hob.

„Unsere Vorfahren jagten jahrhundertelang Elefanten, folgten ihren Zügen und kultivierten ihre Jagd. Sie aßen ihr Fleisch, gerbten ihre Haut, verarbeiteten ihre Gebeine und wussten aus ihrem Innersten die Zukunft zu deuten. In arabischen Ansiedlungen und mit spanischen Entdeckern trieben unsere Ahnen Handel, und irgendwo zwischen afrikanischem und arabischem Aberglauben manifestierte sich unsere Religion. Aber wir waren anders als die anderen, waren auserwählt; denn unser Stamm besaß einen eigenen Gott, der unseren Ahnherren vor zahllosen Jahren gesandt worden war. Den Überlieferungen zufolge war er auf einem Stern geritten und hatte den würdigsten aller Stämme zu dem Seinen erkoren. Der Stern, auf dem unser Gott zu uns kam, war von grünlicher Färbung, er wies Einschlüsse auch von Gold auf und durchmaß vielleicht einen halben Meter, und jener Stern, die Heimstatt unseres Gottes, wurde unser Heiligtum, das Heiligtum eines fahrenden Volkes, das wir mit uns nahmen, wohin wir auch zogen. Es brauchte Jahrzehnte, bis unsere Zauberpriester das Wesen und die Macht des M'tu Yayee zu erahnen begannen. Dann aber lernten wir, ihn zu lenken, der Zorn unseres Gottes wurde unser Schutz, und die Stämme der Küstenregion begannen, uns zu fürchten, zu respektieren. Unser Gott lebte im Dunkel und folgte einzig dem Gold und dem Wesen seines Sternes, in dessen Schatten er sich verbarg, und ruhte er nicht im Schatten des Sternes, so suchte er danach, gleich einem Kind, das ewig hungrig nach der Brust der Mutter tastet und zornig tobt, so es sie nicht findet. So lernten wir, den Zorn des Schattenschläfers in das Dunkel zu pflanzen. Er bewegt sich in den Schatten, vermag zwischen ihnen hin und her zu wechseln, und wer sich in denen verirrt, in denen er sich verbirgt, ist seinem Zorn ausgeliefert. In seinen Schatten herrscht sein Gesetz, und Luft, Licht und Klang vermag er darin zu beherrschen. Kein Atem dringt in sein Opfer, kein Laut aus ihm heraus. In stummen Schatten richtet er, den wir den Schattenschläfer nennen.

Über dich kommt sein Schatten
Er nimmt dir die Luft.
Er nimmt dir die Worte.
Dein Atem füllt sein Dunkel an,
In seinen Schatten fließt dein Leben.

Nur im Gold und Felsen seiner Heimstatt findet er Frieden. Der Stein lockt ihn. Gold bannt ihn. Im Laufe der Jahre schlugen unsere Zauberpriester zwei Splitter aus jenem Stern. Einen, dass der Gott zur rechten Zeit im Geiste des Stammes seinem Wächter diene, und einen, dass der Gott zu reisen vermöge, wenn sein Stern vernichtet würde oder großes Unglück über uns käme. Der erste Splitter wurde, auf dass der Gott ihm folge, in einen Talisman gefasst, der zweite zwischen Edelsteinen eingebettet in eine arabische Schatulle reinen Goldes. Das Amulett wird seit jenen alten Tagen vererbt unter jenen unseres Stammes, die wir Wächter nennen. Der Wächter trägt das Amulett, das ihn feit vor dem Zorn des Schattenschläfers, und inmitten seiner goldenen Fassung ruht jener Splitter, in dem sich eine Höhlung befindet, in deren Schatten der Schattenschläfer sich verbirgt bis ihn die Hand des Wächters in die Freiheit entlässt. Die Schatulle haben Sie ja mit eigenen Augen gesehen ..."

Grauert lauschte ihr aufmerksam, hing regelrecht an ihren Lippen. Diese Frau war herrlich.

Was sie sagte, war herrlich. Er saß direkt neben ihr, konnte förmlich die Wärme ihrer Haut spüren, und dann klang die ganze Geschichte in seinen Ohren auch noch durchaus schlüssig.

Zum anderen schien ihre Erzählung ein gefundenes Fressen für Liebhaber schräger Geschichten, und Grauert kamen allerhand absonderliche Gedanken. Allein die Wächter. Watchmen, das war brillant ... und der Gedanke, den Zorn eines Gottes zu lenken! Wow! Könntest du bitte diesen Häuserblock einebnen, einen Blitz durch meine keifende Nachbarin jagen und all meine Vorgesetzten explodieren lassen? Ein mythischer Bluthund, das war wirklich fantastisch, und darüber hinaus hatte er nicht nur mit dieser fantastischen Frau geschlafen, sondern sie auch noch auf den Pfad der Tugend zurückgeführt.

Der eklige Gott und dieses heiße Eisen hatten ihn innerhalb weniger Tage zum nützlichen Mitglied der Gesellschaft gemacht. Das musste wirklich so etwas wie ein Wunder sein ...

Mathesdorf stützte derweil schweigend den Kopf in seine Hände. Das alles strengte ihn entschieden an.

Dieser ganze Text, den sie wie aus einem unsinnigen, verbotenen Buch auswendig gelernt und aufgesagt hatte. Sie hätte sich bei dem bisschen, was er begriffen hatte, auch kürzer fassen können, aber andererseits war dieses Göttergeseiere nicht sein wirkliches Problem: „Aber wie kommt ihr verdammter Gott hierher? Nach Berlin? In meine Stadt?"

„Es ist die Geschichte zweier Diebe, Kommissar. Während ein spanischer Dieb unseren Gott aus unserer Mitte stahl und in vierhundertjährige Gefangenschaft zwang, entließ ein deutscher ihn in die Freiheit. Ein spanischer Kapitän raubte uns unseren Gott, und seitdem war unsere Religion, waren die Rituale der Wächter gegenstandslos. Unsere Welt hat sich verändert. Mit den Elefanten schwand der Geist unseres Stammes. Inzwischen sind wir nur noch wenige. Wir prostituieren uns, verrichten die niedersten Arbeiten und machen uns zu Knechten der Plantagenbetreiber, um den Gesetzen dieser neuen Zeit gerecht zu werden. Mit unserem Gott hat man uns unseren Stolz geraubt, und einzig unsere Überlieferungen hielten den Schattenschläfer die vergangenen vierhundert Jahre am Leben. Tatsächlich hielt ich ihn selbst für kaum mehr als eine Legende, bis mein Vater mich und Tembo, den letzten Wächter, hierher rief."

„Aber die Schatulle. Sagten Sie nicht, dieses Splitterding sei daran? Hätte dieses Ding nicht in der Kiste bleiben müssen?"

„Zunächst ja. Man konnte sie öffnen und schließen, und solange Splitter und Schatulle eins waren, blieb der Gott aus freien Stücken. Nur das Amulett und der Wille des

Wächters hätten ihn hinfort zu tragen vermocht. Wittgenstein aber brach den Splitter mit den anderen Edelsteinen heraus, doch solange daraufhin die Schatulle verschlossen blieb, bannte den Schattenschläfer das Gold. Er verließ sein Gefängnis erst, als man es öffnete."

„Warum fing dieses Ding dann an, Leute umzubringen?"

„Die Wut des Kindes. Er war auf der Suche nach dem Stein. Wittgensteins Splitter, der vermutlich inmitten irgendwelcher Edelsteine in einem Tresor ruhte, konnte er nicht finden, und so musste er auf der Suche nach seiner Heimstatt und erfüllt von Wut in den Schatten der Stadt vor sich hinvegetieren. Wer in seinen Schatten geriet, schmeckte seinen Zorn, wo immer er sich auch verbarg."

„Bis es Wittgenstein erwischte, mag das ja richtig sein."

„Von da an war es der Wille Tembos, der ihn lenkte und seinen Zorn über jene ausgoss, die das Blut unseres Stammes für ihren Profit vergossen hatten."

Allmählich gelangte das Gespräch in für Mathesdorf klarere Regionen. Es begann, sich um Motive zu drehen, ein Ansatz, der es verdiente, vertieft zu werden, und derweil Grauert auf seinem Stuhl zu einem bloßen Zuschauer wurde, versuchte Mathesdorf, mehr zu verstehen: „Warum Wittgenstein?"

„Er hatte unseren Gott gefangen gehalten, wissentlich im Unrecht."

„Van de Groth?"

„Dutzende von uns schufteten sich in seinen Minen für einen Hungerlohn zu Krüppeln."

„Wieso von Stahl?"

„Er raubte unserem Stamm mit seinen Grundstücksspekulationen die Freiheit der Nomaden und zwang uns, die Wege der Elefanten zu verlassen.“

„Opderdijk?“

„Er koordinierte die Prostitution, raubte unserem Stamm seine Frauen, kaufte ihre Seelen und brannte ihnen mit seinen Dollars Krankheiten zwischen die Schenkel.“

„Was ist mit Lazar?“

„Er veranstaltete Menschenjagden, was immer er vor Gericht ausgesagt haben mag. Wer ein Leben bezahlte, konnte es sich nehmen. Er raubte unsere Kinder, hielt sie in Käfigen und ließ sie von seinen Freunden in Geländewagen durch die Steppen jagen. Die Häupter unserer Kinder waren die Trophäen dieser Männer.“

Für einen Augenblick kehrte im Büro des Kommissars Stille ein. Ihre Augen leuchteten Mathesdorf grün entgegen, er bemühte sich, ihren Blicken standzuhalten, und Grauert blickte betreten zu Boden.

Das waren Antworten.

Zwar war Mathesdorf nicht sicher, ob er sie wirklich hatte haben wollen, aber sie reichten aus. Auch wenn es ihm gewiss nicht zu urteilen zugestanden hätte, einige dieser Leute hatten den Tod gewiss verdient. Dennoch war er Teil der Exekutive einer Welt, in der vor einem Todesurteil noch immer ein Prozess stand, und dementsprechend würde er sich verhalten.

„Warum haben Sie und Ihr Stamm diese Männer nicht vor Gericht gebracht?“

„Was hätte das für einen Sinn gehabt? Diese Leute haben immer dafür gesorgt, dass es keine Beweise für ihre

Schandtaten gab. Kein Gericht der Welt hätte unter diesen Umständen etwas auszurichten vermocht. Ohne Beweise keine Verhandlung. Ohne Freunde keine Untersuchung. Wir haben keine Lobby. Weder hier noch dort."

„Irritiert Sie dieses Fehlen von Beweisen nicht selbst?"

Einmal mehr fing Mathesdorf sich einen bitterbösen, beinahe schmerzhaften Blick aus ihren Augen ein. „In meiner Welt wiegen Tatsachen schwerer als Beweise."

Das empfand Mathesdorf als eine Art passendes Schlusswort. Er erhob sich.

„Ich möchte, dass Sie in nächster Zeit für uns erreichbar bleiben."

Sie sah den Kommissar an und wollte gerade etwas einwenden, als Grauert sich plötzlich wieder zu Wort meldete.

„Kein Problem, sie wohnt bei mir."

Sie sah ihn erstaunt an, schien sich aber keinesfalls zur Wehr setzen zu wollen.

„Es gibt noch einige Dinge zu klären, zumal wir Sie früher oder später für die Identifizierung der Leiche brauchen werden."

Die Erwähnung ihres Mannes rief keine Gefühlsregung in ihr hervor.

„Das war's dann. Sie können gehen."

Schweigend nahm Grauert seine Jacke, nickte dem Kommissar kurz zu und verließ nach ihr das Büro. Mathesdorf atmete auf, öffnete die unterste seiner Schreibtischschubladen und beschloss, die letzte Dose Red Bull mit Wodka zu mischen.

Kapitel 15

Neue Bilder

Plagemann wachte eine Stunde vor dem Klingeln seines Weckers auf. Die Krankenschwester hatte die Bücher von seinem Bett genommen und auf den Boden gelegt. Es würde nicht leicht werden, die richtigen Stellen wiederzufinden. Die übrigen Bücher lagen noch auf dem Nachbarbett.

Zunächst quälte Plagemann sich aus dem Bett und humpelte zum Klo. Er wollte keine Zeit verlieren, spürte, dass es nicht mehr viel war, was ihn von der Lösung dieses Falles trennte.

Kaum zurückgekehrt, hatte er drei der Bücher wieder bei sich im Bett, den Minguez und zwei anthropologische Sachbücher. Die Wasanias, der Elefantenmann, die Frau und ihre Begleiter, ihr Glauben war ganz offensichtlich der Schlüssel zu diesem Fall.

Bei dem Gedanken an diese Leute lief es ihm kalt den Rücken hinunter. Ohne sie hätte er sich diese Kugel nicht gefangen.

Ohne Mathesdorf allerdings auch nicht. Aber es war noch nicht vorbei, und selbst noch mit diesem Loch in der Schulter würde er diesem Spuk ein Ende bereiten können.

*   *   *

Während sie sich im Bad frisch machte, nahm Grauert ihre beiden Taschen vom Bett, um sie in den Schrank zu stellen. Tatsächlich rechnete er damit, dass sie länger blieb und sie sich zu zweit ein paar schöne Wochen machen würden.

Er hatte das Bett neu bezogen, aufgeräumt und die Jalousien heruntergelassen. Er würde später Kerzen anzünden.

Er warf die beiden Taschen in den Schrank, wobei aus einer plötzlich ein leises, knirschendes Geräusch wie von splitterndem Plastik zu hören war. Grauert fuhr zusammen.

Verdammt, wenn er nun etwas kaputtgemacht hatte … hastig fingerte er die untere Tasche hervor, um den Schaden zu überprüfen. Zu seiner Beruhigung hörte er noch immer die Dusche laufen. Dann, kaum dass er die Tasche geöffnet hatte, sah er, was passiert war: Neben einigen grauen Aktenmappen und Fototaschen befanden sich auch noch zwei Videokassetten in der Tasche. Einer davon hatte sein Ungestüm eine Ecke abgeschlagen.

Auf den ersten Blick war der Schaden nicht tragisch. Das Band selbst schien unbeschädigt.

Er wollte die Kassette gerade wieder zurück in die Tasche stecken, als ihm die Beschriftung ins Auge fiel. „Piet Opderdijk“ und ein Datum. März 1999.

Stirnrunzelnd wog er das Video in der Hand. Die Dusche lief noch immer.

Höchstwahrscheinlich würde sie noch ein paar Minuten brauchen, bis sie aus dem Bad kam. Zeit genug, einen kurzen Blick auf das Band zu werfen …

* * *

Mathesdorf stand mit einem Pappbecher am Fenster, nippte daran und betrachtete mit einem seltsamen Gefühl in der Magengegend die aufgehende Sonne. Es schien ihm irreal, dass nun und mit dem Tod dieses einen Mannes alles vorbei sein sollte.

Es hatte sie so lange in Atem gehalten, zwei Dutzend Tote verschuldet und so unglaublich viel Ärger gemacht … nein, vorbei war es mit Sicherheit noch nicht. Seine Vorgesetzten würde Erklärungen fordern, wissen wollen, was genau geschehen war, und weder er noch von Trondt würden in der Lage sein, ihre Fragen zu beantworten.

Mathesdorf schloss die Augen, und während die ersten Strahlen der Morgensonne über sein stoppeliges Gesicht fuhren, leerte er den Becher mit einem Schluck. Nun gut. Zumindest war es vorbei.

Das Klingeln des Telefons riss ihn aus seinen Abschlussgedanken. Das Telefon?

Morgens um halb sieben?

* * *

Mit einem satten Klacken verschwand das Band im Recorder. Das Dunkel des Bildschirmes wich der afrikanischen Savanne. Im Hintergrund erhob sich ein Affenbrotbaum, während einige vertrocknete Büsche unmotiviert in den Vordergrund ragten. Plötzlich schwenkte das Bild nach rechts auf eine kleine Feuerstelle und einige darum herum aufgebaute Zelte. Aus einem der Zelte trat, für Grauert unschwer zu erkennen, Piet Opderdijk, der dem Kameramann mit einem feisten Lächeln und einer mächtigen Cohiba zwischen den falschen Zähnen ein Gewehr reichte. Daraufhin drehte er sich noch einmal um und holte zwei weitere Gewehre aus dem Zelt hervor. Diese gab er zwei Männern, die mit einem weiteren Rechtsschwenk ins Bild kamen. Es waren alles Leute vom gleichen Schlag: teure Trekkingkleidung, Schmuck und Goldrandbrillen. Zwei bärbeißige Kerle und ein kleiner, schmächtiger mit einem psychopathischen Funkeln in den Augen. An den Männern vorbei konnte Grauert im Inneren eines der Zelte einen kleinen geschnitzten Tisch ausmachen, auf dem eine Whiskyflasche und ein paar Gläser standen. Im Hintergrund stand ein Videobeamer, der auf die dem Eingang gegenüberliegende Seite des Zeltes gerichtet war. Was immer dort geschah, bei solch einem komfortablen Steppenlager war mit Sicherheit Geld im Spiel, und obwohl diese gesamte Szene bis hier kaum länger als eine halbe Minute gedauert hatte, hatte Grauert all dies bereits bei der ersten Durchsicht des Bandes bemerkt. Comics schulten die Wahrnehmung.

Als der Kameramann sich schließlich um gute 180 Grad drehte, kam inmitten des improvisierten Zeltlagers schließlich ein Käfig ins Bild, in dem sich verschüchtert zwei allenfalls fünfzehnjährige farbige Jungen ducken. Irritiert betrachtete Grauert das weitere Geschehen.

Von der Seite tauchte eine Hand auf, öffnete das Vorhängeschloss des Käfigs und verschwand wieder aus dem Bild. Während der Kameramann einen Schritt zurück tat, sprangen die beiden Knaben aus dem Käfig, sahen sich verängstigt um und eilten davon, begleitet vom schmutzigen Lachen alter Männer.

Wieder drehte der Kameramann sich um die eigene Achse, und da waren sie wieder. Opderdijk hatte augenscheinlich den Whisky aus dem Zelt geholt und feist grinsend jedem der Männer ein halbes Glas eingeschenkt.

Dann tranken sie auf eine gute Jagd.

Keine zwei Minuten später schulterten die Männer ihre Gewehre, sprangen auf zwei Geländewagen und donnerten grölend davon, unter ihnen der Kameramann. Grauert meinte ein Geräusch hinter sich zu hören und fuhr herum.

Da stand sie. Nackt, nur ein Handtuch um die Hüften.

Sie schwieg. Funkelte ihn nur an.

* * *

Zögernd trat Mathesdorf an seinen Schreibtisch, betrachtete verwundert das klingelnde Telefon.

Dann nahm er ab. Er meldete sich nicht, sein Gegenüber jedoch begann sofort zu reden. Es war Plagemann:

„Mensch, Jochen, ich versuche schon seit Tagen, dich zu erreichen. Mein Gott, was ist denn bloß bei euch los? Warte, hör zu, ich habe einiges über unseren hässlichen kleinen Fall herausgefunden. Dem ganzen liegt offensichtlich die Geschichte eines kleinen ostafrikanischen Stammes zugrunde, dieser Stamm ...“

„Die Wasanias.“

„Genau, die Wa... woher weißt du davon?"
Die Verwunderung in der Stimme seines Assistenten war nicht zu überhören, und Mathesdorf genoss das sichtlich.

* * *

Grauert sah sie an. Er begriff gar nichts mehr.
„Hast du nicht im Präsidium behauptet, ihr hättet keine Beweise gegen diese Männer?"
„Sieh es dir an."
„Hast du es gesagt oder nicht?"
„Ich habe gesagt, du sollst es dir anschauen."
Er wollte etwas entgegnen, doch da war sie schon mit einem kurzen Sprung an seiner Seite und riss seinen Kopf herum, so dass er den Bildschirm sehen musste. Wieder spürte er die Spitzen ihrer Brust, die Wärme ihres Körpers.
Aber da war auch noch das Video. Von Staubwolken umgeben preschten die beiden Geländewagen über die Steppe, und inmitten des wirbelnden Sandes meinte Grauert in einiger Entfernung plötzlich zwei Schemen zu erkennen.
Motoren jaulten auf. Schüsse peitschten. Zwei oder drei, und plötzlich gewannen die Schemen an Form.
Er konnte es kaum fassen, wollte den Kopf abwenden. Sie ließ ihn nicht. Ihre Hände hatten seinen Kopf fest umfasst. Grauert schloss die Augen.
„Ich sagte, du sollst es dir anschauen!", fauchte sie ihn an.
Widerwillig öffnete er die Augen wieder und sah die beiden Jungen, die in panischer Furcht vor den Wagen davonliefen. Weitere Schüsse fielen, und plötzlich brach einer der beiden zusammen, die Jeeps fuhren weiter. In dem Getöse meinte er, einen kurzen Jubel zu hören, und wirklich wand-

te sich einer der Männer auf der Ladefläche des vorderen Wagens um und zeigte dem Kameramann grinsend einen Daumen nach oben.

Dann riss ein Schuss den zweiten Jungen von den Füßen. Darauf folgte ein harter Schnitt. Grauert musste schlucken.

* * *

Plagemann wollte alles haarklein wissen, und es war Mathesdorf ein wahres Vergnügen, ihm seinen Triumph in den schillerndsten Farben zu schildern. Oh ja, dies war sein Tag, und dies war seine Party.

„Plage, Plage, wir haben das Ganze inzwischen zum Abschluss gebracht. Es wird keine Todesfälle mehr geben. Weißt du, da waren die beiden Schwarzen, und dann kam noch einer mit seiner Frau, und der Kerl ist es gewesen. War der Wächter von irgendeinem Ding, das er letzten Endes benutzt hat, um die Leute damit umzubringen."

„Ding? Du meinst den Schattenschläfer, dessen Wächter ..."

Mathesdorf begriff nicht, was für eine Wendung das Gespräch in diesem Augenblick zu nehmen begann. Es machte ihm zu viel Spaß, sich vor Plagemann in seinem Erfolg zu sonnen.

„Ja, genau der. Aber ist ja auch egal, nachdem er sie jedenfalls lang genug gezwungen hat, mit ihm gemeinsame Sache zu machen, hat seine Frau uns geholfen, den Typen zu kriegen. Unsere Leute sind gerade dabei, seine Leiche in Tiergarten aus der Spree zu fischen."

* * *

Der Film war noch nicht vorbei. Noch immer hielt sie Grauerts Kopf so, dass er alles mit ansehen musste.

Plötzlich waren die Männer wieder im Lager. Wieder hatten sie Whiskygläser in den Händen, und zwei von ihnen posierten mit den beiden Leichen, die sie an zwei Holzgestellen befestigt hatten.

Einem der Knaben hatte ein Schuss die halbe Schädeldecke weggeschmettert. Das inzwischen trockene Blut war ihm in Strömen über Gesicht und Oberkörper gelaufen.

Am Körper des anderen waren mindestens drei Einschüsse zu sehen. Einer hatte ihn an der linken Schulter getroffen, ein anderer den rechten Arm zerfetzt.

Er musste weitergerannt sein, bis ihn ein Schuss in den Rücken gestoppt hatte. Überall war Blut.

Mit Flinten über den Schultern und halbvollen Gläsern in Händen stellten die Männer sich vor den Toten auf und prosteten dem Kameramann zu, während Opderdijk ein Lächeln von ihnen fordernd ein Foto schoss.

Die Trophäenparty einer verschworenen Gemeinschaft. Grauert hielt es nicht mehr aus und schloss die Augen ein weiteres Mal. Was für eine kranke Scheiße war das nur ...?

Sie hatte ihn losgelassen. Der Film war vorüber, und er lag am Boden.

Er wollte es nicht begreifen, lag einfach da und schwieg und konnte es nicht fassen, dass sie diesem Mann das Leben gerettet hatten. Inzwischen hatte sie sich angezogen, wollte augenscheinlich gehen, wandte sich ihm kurz vor der Tür aber noch einmal zu:

„Ich gehe. Das Material kannst du behalten. Mach's gut."

In dem Moment, als sie sich endgültig zum Gehen wandte, verstand er plötzlich alles.

*   *   *

Plagemanns Aufmerksamkeit war während der Ausführungen seines Vorgesetzten immer mehr gewachsen, und Mathesdorf hatte nicht einmal bemerkt, dass etwas nicht stimmte. Plages Fragen fußten nicht mehr nur auf Neugier, denn in eben diesem Moment meinte er, den Fehler erkannt zu haben, den der Kommissar gemacht hatte.

„Wer, sagst du, hat euch dabei geholfen, den Killer zu erwischen?"

„Seine Ehefrau."

„Seine Ehefrau? Nachdem er sie gezwungen hatte, mit ihm gemeinsame Sache zu machen?"

„Wenn ich es dir doch sage."

„Jochen?"

„Ja?"

„Es tut mir leid, dir das sagen zu müssen, aber ..."

„Aber was?"

„Die Wasanias sind ein Matriarchat."

„Ach?"

„Das bedeutet, dass in diesem Stamm Frauen alle relevanten Entscheidungen treffen. Verstehst du, Jochen, Frauen! Auch die Rolle des Wächters ist seit jeher ..."

Mathesdorf ließ den Hörer sinken. Das war gar nicht gut. Wenn Plagemann recht hatte, dann war hier vor kaum einer halben Stunde die Verantwortliche für diesen ganzen Schlamassel rausgegangen, nachdem er sich noch einmal persönlich bei ihr bedankt hatte, und das war sogar irgendwie absolut gar nicht gut.

* * *

Grauert erhob sich eilig.

„Du warst es."

Sie wandte sich noch einmal zu ihm um.

„Würde das etwas ändern?"

„Für mich ja."

Im nächsten Moment stand er zwischen ihr und der Tür.

„Lass mich durch."

„Du warst es, oder?"

„Ich sagte, du sollst mich durchlassen!"

Ihr Ton war schärfer geworden, und Grauert sah sehr wohl ihre Hand am Lichtschalter. Es war dunkel genug für das, was sie vorhatte. Schließlich hatte er das Zimmer selbst abgedunkelt ...

„Du hast mich nur benutzt, wolltest Zeit gewinnen, dir einen Vorsprung verschaffen, und bloß darum hast du mich gefickt. Habe ich recht?"

„Ich mag dich genug, um dich nicht töten zu wollen. Das muss reichen. Aber das hier ist eine persönliche Sache."

„Erklär es mir!"

„Du willst es wirklich wissen, was? Na schön, Lazar hat auch mich auf den Strich geschickt! Lange bevor ich wusste, wer ich war, und seine Gier hat mich mit der Krankheit geschlagen. Ja, ich habe sie. Früher oder später wird dieses Virus mich bekommen, aber zuvor werde ich die vernichtet haben, die meinem Stamm das Leben raubten!"

„Dein Vater ..."

„Er und Charo wollten es nicht begreifen, sie wollten den Schattenschläfer heimbringen, als sei nichts geschehen, als hätte sich nichts verändert in all der Zeit."

„Darum mussten sie sterben?"

„Es ist mir schwergefallen. Zum Glück hatte ich Tembo."

„Den du zum Dank dafür auch noch getötet hast!"

„Nur so konnte ich das Vertrauen der Polizei gewinnen und auch Opdendijk bekommen. Ich habe keine Zeit mehr, sie haben ihn vermutlich schon gefunden. Lass mich durch."

Grauert erinnerte sich plötzlich an die Szene, wie er mit ihrem Mann gerungen und das Klicken ihrer Waffe hinter sich gehört hatte.

„Du hättest auch geschossen, wenn ich nicht zur Seite gesprungen wäre, oder?"

Er blieb stehen, und seine Haltung machte klar, dass er seinen Standpunkt kaum zu ändern gedachte. Er ahnte, was folgen würde.

Sie konnte seinem Blick nicht standhalten, senkte den Kopf und murmelte etwas, das er nicht verstand. Im Nachhinein war er sich sicher, dass es so etwas wie ein „Tut mir leid" gewesen sein musste.

Dann sah er, wie sie das Lederbeutelchen hervorzog. Er entsann sich, wie sie über ihm gewesen war und er es auf der nackten Haut gespürt hatte.

Langsam und ohne den Blick von ihm abzuwenden, öffnete sie den Beutel und zog den Talisman hervor, den sie keine zwei Stunden zuvor dem Kommissar beschrieben hatte. Er erkannte ihn sofort.

Gold und dunkelgrüner Stein. Das Gold erinnerte ihn an ihre Augen.

Der Tiger, der fressen wollte. Grauert sah gerade noch, wie sie den Daumen in die Mulde des Talismans legte, dann löschte sie das Licht ...

* * *

Der Kommissar öffnete die Tür zur Toilette des Reviers. Der fensterlose Raum war vollkommen dunkel. Es war fast beunruhigend.

Vorsichtig tastete er nach dem Lichtschalter, legte ihn um und schloss im Angesicht der aufflammenden Neonröhren für einen kurzen Moment seine Augen. Auch wenn es kurzlebig war, vermittelten ihm die weißen Kacheln hier unten für gewöhnlich ein Gefühl von Frieden.

Er ging zu einer der Kabinen hinüber, zog die Tür hinter sich zu und schloss ab. Die Beamtentoilette war die letzte Bastion der Ruhe in diesem Hort des Verbrechens, und es war beruhigend, dass Verbrecher ihre Notdurft nicht hier verrichteten.

Mathesdorf hielt nichts von zwischenmännlicher Urinalbeckenbekanntschaft. Er wollte hier unten einfach allein sein, seine Ruhe haben, eine Tür hinter sich zuziehen, abschließen und sitzenbleiben. Für ihn hatte diese halbe Stunde Ruhe etwas beinahe Meditatives.

Nach seinem Telefongespräch mit Plagemann war er sich sicher, dass, kaum dass er diesen Ort verließ, das Übel rückhaltlos über ihn hereinbrechen würde. Er hatte überstürzt gehandelt, nicht aufgepasst, einen gottverdammt offensichtlichen Fehler gemacht ...

Er lehnte sich zurück, atmete durch und entsann sich der herrlichen Tage, in denen noch Lappalien seinen Arbeitsalltag geprägt hatten und er Plagemann die Schuld, für was immer er wollte, hatte geben können. Mathesdorf versuchte, sich zu entspannen. Ohne Erfolg.

Plötzlich läutete in der Kabine rechts von ihm, mit scheußlich durchdringendem Ton, ein Mobiltelefon. Er fuhr zusammen.

* * *

Grauert versuchte, sich im Raum zu orientieren, abzuschätzen, wo sie stand, aber es war vollkommen dunkel. Mit Sicherheit war es schon acht oder neun und draußen bereits hell.

Bei den herabgelassenen Jalousien spielte das allerdings keine Rolle. Er hatte sich das alles wirklich anders vorgestellt.

Plötzlich hatte er den Eindruck, es habe bereits begonnen. Er meinte zu spüren, wie die Luft um ihn wärmer wurde und er keine Luft mehr bekam.

Er griff sich an den Hals, wollte schreien, brachte aber lediglich ein tonloses, unhörbares Röcheln hervor. Es war nichts zu hören, und er begann, in seiner Kehle die Wut vergessener Götter zu spüren.

Er strauchelte, fuchtelte mit den Händen, fegte den halben Schreibtisch leer, und ohne einen Laut fielen all die Plastikfiguren zu Boden, stürzten durcheinander: der kopflose Reiter aus Sleepy Hollow, der limitierte Norman Bates im Kostüm seiner Mutter, Erik Draven und drei Viertel von Kiss. Schemenhaft sah er die Figuren fallen, bekam etwas zu fassen und hatte mit einem Mal die unbestimmte Ahnung, dass vielleicht doch noch nicht alles vorbei war ...

* * *

Das Handy hörte nicht auf zu läuten. Inzwischen klingelte es zum dritten Mal, und auf eine seltsam unangenehme Art war Mathesdorf bewusst, dass jeder vernunftbegabte Mensch sein Telefon inzwischen abgestellt hätte.

Er erhob sich, schloss seine Hose und wusste, dass nichts Angenehmes folgen würde. Als er die Kabine verließ, klingelte das Handy noch immer. Insgeheim hoffte Mathesdorf, dass irgendjemand sein Mobiltelefon auf dem Klo verloren hatte. Aber sehr wahrscheinlich war das nicht ...

Die Tür der betreffenden Kabine war verschlossen. Dass jemand ein Handy verlor und dann hinter sich zusperrte, war noch unwahrscheinlicher.

Aus seinem vergleichsweise leeren Portemonnaie zog er ein Zwei-Euro-Stück hervor, führte es mit einem unangenehmen Ziehen im Bauch in die äußere Kerbe des Drehschlosses, fasste sich ein Herz, drehte die Münze und riss die Tür in einer einzigen Bewegung auf. Es war Opderdijk, der wie eine groteske, fette Marionette, der man die Fäden durchgetrennt hatte, auf der Toilette saß. Es war unnötig, noch einen Puls fühlen zu wollen. In den vergangenen Tagen hatte Mathesdorf mehr als genug von diesen Toten gesehen ...

Er würde sich zwei Mann schnappen und zu Grauerts Wohnung rüberfahren, und wenn er und seine schwarze Freundin dort waren, dann würde er die beiden ohne irgendwelche weiteren Fragen erschießen. Er hatte die Schnauze gestrichen voll.

*　　　*　　　*

Grauert legte seine Hand fester um das harte Plastik. Es war wichtig, den richtigen Zeitpunkt abzupassen.

Er musste sie in Sicherheit wiegen, dafür sorgen, dass sie ihn am Verrecken glaubte, und kurz bevor es tatsächlich so weit war ... aber noch wusste er nicht, wohin dann. Die Jalousie? Die Tür?

Alles zu riskant. Sie stand vor ihm, er könnte stolpern, sie könnte ihn aufhalten, und dann war es um ihn geschehen, und er hatte nur diesen einen Versuch ... er wartete und wartete, spürte bereits die kalten Finger des Todes sein Rückgrat emportanzen, und dann riss er das Gerät hoch und drückte ab.

Es war kaum mehr als eine Sekunde. Vielleicht nicht einmal das. Aber es war ausreichend.

Der Blitz der Kamera zerriss die Dunkelheit, und für einen kurzen Augenblick war es taghell in seiner kleinen, schmutzigen Wohnung. Es war beinahe, als zerfetze ein unnatürlicher Schrei die vollkommene Stille als fahre das Licht wie ein Dolch in den düsteren Gott ein.

Aber so kurz, wie das Licht aufblitzte, so lange hielt auch der Schmerz des Gottes an, und kaum, dass es wieder dunkel war, begann sein Zorn wieder durch das Dunkel zu fließen. In diesem einen lichten Moment jedoch hatte Grauert sie gesehen, hatte gesehen, wie sie dort stand, keine zwei Meter entfernt von ihm, den Daumen noch immer in jenem seltsamen Amulett vergraben – und er hatte reagiert.

Es war ein schneller Sprung und ein ebenso schneller Schlag gewesen. Er würde sich an das Schlagen von Frauen nie gewöhnen.

Während sie nach hinten umfiel, hatte er seine Faust blitzschnell um das Amulett geschlossen, das direkt von ihrer Hand in die seine glitt. Dann spürte er, wie das dünne Lederband riss.

Dabei war nichts, nicht der geringste Laut zu hören, selbst dann nicht, als sie der Länge nach vor ihm auf dem Boden aufschlug, und als er das Amulett in seiner zitternden Faust hielt, strömte der Sauerstoff ihm plötzlich wieder wie ein kühler Segen durch seine Lungen.

*　　　*　　　*

Mathesdorf hatte Sirenen und Blaulicht einschalten lassen. Es hatte etwas von laut Herumschreien, bevor man eine Tür eintrat, und Mathesdorf war verdammt nach Schreien zumute. Schreien und Toben.

Im Laufe des Tages noch würde er irgendjemanden zusammenschlagen oder irgendetwas demolieren müssen. Dieser Fall hatte ihn zum Idioten gemacht, und zu allem Unglück hatte er sich eingestehen müssen, dass Plagemann ihm über war, und das war ein Eingeständnis, das zu machen er über die Jahre mehr als einmal erfolgreich hatte umgehen können.

Der Fahrer des Streifenwagens hatte dabei die undankbarste Rolle. Er hätte niemals so schnell fahren können, wie Mathesdorf es forderte, und während es in der ganzen Stadt keinen Wagen gab, der seinen Ansprüchen genügt hätte, spielte der Kommissar sogar einen kurzen Moment mit dem Gedanken, einfach seinen Fahrer zusammenzuschlagen.

Aber schließlich konnte er sich doch beherrschen, bis sie bei Grauerts Wohnung ankamen. Es waren insgesamt drei Streifenwagen.

Die Beamten folgten Mathesdorf auf dem Fuß, und sie alle spürten, dass es bei der gegenwärtigen Stimmung ihres Vorgesetzten kaum ratsam war, ihn auf der Treppe oder im Flur zu überholen, um den Helden zu spielen. In der unheilschwangeren Ahnung, dass in den nächsten Minuten irgendetwas kaputtgehen würde, ließen sie ihm den Vortritt.

Das Holz des Türrahmens splitterte mitsamt der Fassung der Sicherheitskette unter der Wucht Mathesdorfs Schulter. Das Licht aus dem Flur flutete in die Wohnung.

Im Halbdunkel konnte Mathesdorf den zusammengesunken an der Wand lehnenden Grauert ausmachen, keine zwei Meter entfernt von ihm die Leiche der Schwarzen. Mathesdorf wusste nicht, was hier vor sich ging, aber darüber würde man später noch reden können. Jetzt war ihm mit Sicherheit nicht nach Reden, ihm war nach etwas vollkommen anderem ...

Es war ein böser Tritt, das Schienbein des Kommissars riss Grauerts Kopf nach hinten, der mit einem satten Krachen gegen die Wand schlug. Fassungslos starrte Grauert ihm mit blutender Nase und aufgeplatzter Unterlippe entgegen. Er schien gar nicht zu begreifen, was vor sich ging.

Mathesdorf steckte seine Waffe weg, packte ihn am Kragen und riss ihn zu sich empor. Er wies auf die Frauenleiche, die unweit der aufgebrochenen Tür inmitten des einfallenden Lichtes lag.

Die übrigen Beamten drückten sich im Hausflur herum. Keiner von ihnen wollte sehen, was Mathesdorf da drinnen tat.

Dies war definitiv der beschissenste Fall seiner Laufbahn. Es hatte zu viele Tote gegeben, sein Assistent hatte wieder einmal alles besser gewusst, und dann hatte ihn dieses verdammte Arschloch mit seiner Negerfreundin auch noch verarscht.

Wütend funkelte der Kommissar Grauert an: „Du verdammter Bastard. Ich bin gespannt, was für eine gottverfluchte Geschichte du mir dieses Mal auftischst ...“

EPILOG

Da saßen sie: Mathesdorf, von Trondt und Plagemann. Sie hatten einiges zu klären.

Mathesdorfs Wunsch, Grauert als letzten erkennbaren Teil dieser okkulten Verschwörung hinter Gitter zu bringen, hatte sich in Wohlgefallen aufgelöst. Er hatte ihnen unmissverständlich klargemacht, dass er der einzige war, der diese hässliche Geschichte nachhaltig beenden konnte.

Davon abgesehen hatte er natürlich seine Unschuld beteuert, und obschon keiner der Anwesenden dem zweiten Teil seiner Aussage auch nur ansatzweise Glauben schenkte, nahmen sie doch alle an, dass er mit dem ersten recht hatte. Bei der Leiche der Frau hatten sie nichts gefunden. Inzwischen war auch der Leichnam ihres Mannes aufgetaucht, der sich unweit des Grundstückes im Fundament einer Uferbefestigung verfangen hatte.

Aber auch er hatte nichts bei sich gehabt, was ihnen weitergeholfen oder mit den Todesfällen in Verbindung hätte gebracht werden können. Kein Talisman, kein gar nichts.

Natürlich hatten sie auch Grauerts Wohnung auf den Kopf gestellt, die danach beinahe ordentlicher als zuvor ausgesehen hatte. Für Mathesdorf, Plagemann und drei weitere Beamte war es eine regelrechte Sisyphusarbeit gewesen, und obwohl Grauert überhaupt keine Zeit gehabt haben konnte, irgendetwas fortzuschaffen, hatten sie inmitten der zahllosen Comics, Hochglanzhefte, Pizzapappen und albernen Plastikfiguren – abgesehen von einigen Büchern, die auch Plagemann im Krankenhaus studiert hatte – nichts gefunden, was irgendwie mit dem Fall zu tun gehabt hätte. Geschweige denn den Talisman.

* * *

Grauert hatte die Bank mit einem seltsamen Gefühl in der Magengegend betreten. Für gewöhnlich rechtfertigte er sich hier bloß für das Überziehen seines Kontos. An diesem Tag allerdings rettete er die Welt, und das fühlte sich bei weitem besser an!

Nicht im Traum hätte er jemals daran gedacht, sich ein Bankschließfach zuzulegen. Wozu auch?

Aber in den letzten Tagen waren durchaus einige Dinge geschehen, die er sich zuvor nicht hatte ausmalen können. Es war sein Glück, dass Mathesdorfs Männer keine Ahnung hatten. Sie hatten seine Wohnung von oben bis unten durchwühlt und auseinandergenommen, ohne dabei irgendetwas zu finden.

Sie hatten ihn auf dem Revier festgehalten, und er hatte darauf gesetzt, dass sie ihn nicht finden würden, und als sie dann schließlich kleinlaut zurückgekehrt waren, hatte er Mathesdorf und seinen Knallchargen klargemacht, dass er der Einzige war, der diesen grauenhaften Geist zurück in seine Flasche bekommen konnte. Tatsächlich war es sein Glück gewesen, dass sie ihm geglaubt hatten ...

* * *

Der Abschluss des Falles war alles andere als zufriedenstellend. Der Öffentlichkeit würden sie dieses Ergebnis kaum als Erfolg verkaufen können.

Tatsächlich wussten sie ja nicht einmal genau, was geschehen war. Aber mit etwas Glück war es zumindest vorbei.

Wenn sie wenigstens das den Leuten dort draußen glaubhaft machen konnten, war schon einiges gewonnen, und um die Integrität des Polizeiapparates dann wieder gänzlich herzustellen, würde einer von ihnen sich verantwortlich erklären und seinen Hut nehmen müssen. Soviel war klar.

Plagemann machte schließlich den entscheidenden Vorschlag. Natürlich hatten sie anfangs gezögert.

Aber ein genaueres Abwägen und Betrachten der Fakten hätte viel Unschönes zu Tage fördern können. Es auszulosen hatte also fair geklungen, und dann hatte Plagemann schon die Streichhölzer in der Hand gehalten.

Sie hatten einander kurze, trübsinnige Blicke zugeworfen. Mathesdorf hatte als erster gezogen. Dann von Trondt, und als Plagemann die ängstlichen Blicke sah, mit denen die beiden ihre Streichhölzer betrachteten, schien ihre augenscheinliche Angst, ihr jämmerliches Polizistendasein mit der

Freiheit tauschen zu müssen, ihm mit einem Mal unglaublich absurd. Zwei alternde Männer, die sich an ein solides Einkommen und ihr kleines bisschen Karriere klammerten und immer noch hofften, eines Tages irgendwie zu Helden zu werden.

Es lief ihm kalt den Rücken hinab. Dies war nicht seine Welt.

Er war lange genug darin herumgeirrt und hatte sich herum scheuchen lassen. Mathesdorfs Holz war kürzer gewesen als das von Trondts. Aber es war Plagemann ein leichtes gewesen, die Regeln des Spieles spontan zu ändern, das verbliebene Streichholz zwischen seinen Fingern zu zerbrechen und die abgebrochene Hälfte unauffällig zu Boden fallenzulassen.

* * *

Das seltsame Gefühl war geblieben, und hier stand Grauert nun, allein im Keller irgendeiner Berliner Bankfiliale, wo er gerade ein Schließfach für die kommenden vierzig Jahre angemietet hatte. Da stand er zwischen all den Schließfächern, inmitten der spärlichen Beleuchtung, und wendete das Amulett in seinen Händen.

Sein Dank galt Marv. Marv auf dem elektrischen Stuhl.

Es war eine großartige Figur von McFarlane Toys, die wichtigste Person aus Frank Millers Sin City auf dem elektrischen Stuhl. Den Schalter konnte man umlegen, und dann fing die Figur an zu zucken. Die BILD hatte sie mal in einem politisch korrekten Artikel sehr negativ besprochen.

Jeder mittelmäßig begabte Comic- oder Actionfigurensammler hätte das Batteriefach gekannt. Mathesdorf und seine Leute nicht.

Wieder daheim hatte Grauert Marv aufgeschraubt, den Lederbeutel mit dem Talisman herausgenommen und sich daran gemacht, diese düstere Plage ein für allemal zu bannen. Mit einem wehmütigen Blick hatte er den Talisman in das offene Fach gelegt.

Ja, er hielt nicht weniger als den Schlüssel zur Hölle in Händen. Er wusste, dass er es nicht weit gebracht hatte in der Welt.

Genau genommen war er ein Versager. Weder hatte er sein Studium zu Ende gebracht, noch war er in der Lage, seine Telefonrechnungen pünktlich zu zahlen.

Mit den Frauen klappte es, wie sich wieder einmal gezeigt hatte, auch nicht. Comics waren eben doch besser. Um seine Zukunftsperspektiven jedenfalls war es nicht sonderlich gut bestellt ...

* * *

Allmählich begann in den Fluren des Präsidiums Geschäftigkeit einzukehren. Sie aber hockten noch immer wie drei begossene Pudel in Mathesdorfs Büro. Plagemann musste sich allerdings bemühen, dieser Rolle gerecht zu werden.

Er witterte da draußen bereits die unendlichen Möglichkeiten seines neuen Lebens. Eine kurze Erklärung an die Pressestelle, und seine Ketten waren endgültig gesprengt.

Die anderen beiden aber bedauerten ihn aufrichtig, und während Mathesdorf ihm einen Wodka aus seinen Privatbeständen anbot, klopfte von Trondt ihm aufmunternd auf die Schulter. Nachdem sie noch einen tiefen Schluck genommen hatten, musste Plagemann, bevor er das Präsidium verlassen konnte, noch zwei kameradschaftliche Umarmungen und kraftvolle Händedrücke über sich ergehen lassen. Dann trat er hinaus in den Regen, und dabei war ihm weiß Gott nach singen zumute.

* * *

Vorsichtig schloss Grauert das Schließfach, drehte den Sicherheitsschlüssel im Schloss und vernahm mit gemischten Gefühlen das leise Klicken, das den geheimnisvollen Inhalt bis auf weiteres vor der Welt verbergen würde. Solange er es wollte ...

Lächelnd zog er den Schlüssel ab und schob ihn in den kleinen Lederbeutel, den er um den Hals trug. Was immer sich auch zutragen würde, er besaß den Schlüssel zur Hölle, Satans schartigen Schwanz, und den konnte er der Welt, wann immer er wollte, in den Arsch rammen.